銀行員

生野香織が許さない

しょうのかおり

江上 剛

祥伝社文庫

目次

第一章　死の疑惑

1

稲葉麗子(いなばれいこ)は結婚を前にして、このところ毎晩のように眠れない夜を過ごしていた。何となく不安な気持ちが嵩(こう)じ、拭(ぬぐ)えない。

それでも明日の仕事のことを考えたら寝なくてはいけない。ベッドに横になって目を閉じると、徐々に睡魔が襲ってきた。

コトリ……。

小さな音が麗子の耳に届いた。何だろうという気持ちもあったが、目を開ける気力はなかった。睡魔が麗子をベッドに縛り付けていた。

2

「おはよう、バンクン」

第七明和銀行の行員生野香織は、ロビーの壁際でＡＩロボット・バンクンの電源を入れた。

バンクンはまるで人間のようにちょっと身震いすると「おはようございマス、生野サン」と声を発した。

「今日もお客様は少ないんだろうね。早くコロナが収まって、このロビーがお客様でいっぱいにならないかな」

香織は、開店前のロビーを見渡した。

「早く、元の賑わいを取り戻したいデス。主水サンにも戻ってきて欲しいデス」

すっかり高田通り支店の顔となった庶務行員の多加賀主水は先日、新型コロナウイルス感染症に罹患し、今は自宅で隔離状態である。聞くところによると体調はさほど悪くはなさそうで、多少の咳と味覚障害がある程度だという。

主水と一緒に働いていた香織たち行員は濃厚接触者としてＰＣＲ検査を受けた

のだが、全員陰性だった。

以来、主水とはオンラインのリモート会議で話をしているものの、主水のいない高田通り支店には、火の消えたような寂しさが漂っている。

その寂しさに輪をかけているのが、来店客の少なさだった。

ウイルスの流行前は銀行に用のない人までもが顔を出し、香織たちとの無駄話を楽しんでいた。地元高田町の人たちの交流の場ともなっていたのである。

しかしコロナで外出制限が出された結果、人々は自宅に閉じこもるようになった。特に頻繁（ひんぱん）に来店していた年配の客が急減した。目に見えないウイルスを誰もが怖がっている。こんな状態が、いったいいつまで続くのだろうか。

今、銀行の支店を廃止する機運が他の銀行で徐々に高まってきている。コストを削減し、収益を向上させようというのだろうが、果たしてそれは正しいのだろうかと香織は疑問を抱（いだ）いている。

銀行の支店は地域経済の要（かなめ）であり、人々が寄り添う場所である。それが香織の考えだ。

銀行の支店が街から消えていくのは、その街が死んでいく前兆である。

銀行の支店が消えるから街が死んでいくのか、街が死んでいくから銀行の支店がなくなるのか。どちらが先とも言えないのかもしれない。

ただ間違いなく言えるのは、銀行の支店がなくなった街は、二度と元と同じような活気を取り戻せないということだ。

この信念の下で香織は働いている。コロナなんかに負けてたまるか。たとえ一時的に来店客が減少するにせよ、必ず復活してみせる。

「さて、消毒するわね」

香織はバンクンに声をかけた。

カウンターやATMなど客が触れる場所の消毒は欠かせない。アルコール除菌液を持って、香織はカウンターを拭き始めた。

「ワタシは、出勤サレル行員の皆サンに朝の挨拶をしマス」

バンクンは移動し、行員通用口の横に立った。

定時を前に、行員たちがちらほらと出勤してくる。しかし行員の半分はリモート勤務である。客が減ったことで、営業も窓口も後方の事務も、仕事量が大幅に減少しているからだ。それに加えていわゆる「密」を避けるという意図もある。

特に外訪担当の営業部員は客と会えないため、半分は自宅待機である。自宅で電話を使ってセールスしているのだが、実際は、子どもの世話や妻との言い争いに終始しているのではないだろうか。

コロナは、人と人との関係を断ってしまった。このままでは人情に溢（あふ）れ、人と人とが助け合う気風が息づいていた高田町が死んでしまうかもしれない。

「ああ、主水さんがいればなぁ。こう、パーッと」

香織はカウンターを拭いていた布巾（ふきん）とアルコール除菌液のボトルを高く掲（かか）げ、万歳（ばんざい）をした。

「生野さん、大変、大変」

そこへ事務課長の難波俊樹（なんばとしき）が駆け込んできた。難波が大変、大変と騒ぐのはいつものことなので、特に驚きはしない。

「どうしたんですか？　コロナにでも罹（かか）りましたか？」

香織は万歳をしていた両手を下ろした。難波の声を聞きつけて、バンクンも傍（そば）に戻ってきた。

「安井（やすい）君が警察に……」

難波は息を切らしている。

「えっ、逮捕された？」

「いや、分からん。逮捕されたのかもしれない」

た。

「なぜ、なぜですか？」

難波が眉根を寄せた。

安井壮太は、入行五年目の営業担当者だ。明るい性格で人気がある。

ようやく息を整えた難波が香織を見つめて「殺人だよ」と声を低くして言った。

「えっ、殺人！」

香織は持っていたアルコール除菌液のボトルを落としそうになった。

「安井さん、結婚間近なんですよ。それなのに殺人で逮捕されるなんて」

「逮捕されたとは言っていない。今朝早く、安井君から電話があったんだ。警察にいるってね。殺人の件だって。それもね……」

難波は身を乗り出し、香織に鼻がくっつきそうなほど近づいた。

「課長、近づき過ぎです。ソーシャルディスタンス」

「あぁ、悪い、悪い」課長は仰け反った。「まだ詳しいことは分からないんだが、亡くなったのは婚約者の稲葉麗子さんだ」

「えっ」

香織の驚く声とともに、アルコール除菌液のボトルが床に落ちた。幸いプラスチック製だったので割れることはなかったが、香織は慌ててボトルを拾い上げた。

「知っているの？」

「知っているも何も……。安井さんに麗子を紹介したのは私です」

「えっ！」

今度は、難波が驚く番だった。

「麗子は、短大の同期なんです。明るくていい子だから会ってみる？って、安井さんに……。そうしたら二人とも気が合って……。課長、課長」香織は難波に縋りつき、スーツの襟を掴むと、泣きながら揺すった。「麗子、本当に死んでしまったんですか」

「おいおい、私は、詳しいことは知らないよ」

難波は苦しそうに表情を歪めた。

「生野サン、木村刑事が来られました」

バンクンが言った。

「木村さんが……」

香織が振り向くと、悄然として俯く安井と、その肩を抱くようにして並ぶ高田署の刑事木村健の姿があった。

何が起きたのか分からないが、支店の開店時刻が迫っていた。

3

香織は食堂のテーブルで安井と向き合っていた。

あんまり動揺しているから、何かあってはいけないと思って連れてきたよ——と木村は言った。

難波と香織は礼を言って安井を引き取った。そして香織は難波から、業務を中断して安井の心のケアをするように頼まれた。言われるまでもなく、香織はそうするつもりだった。

仲が良かった麗子の死は、未だ信じられない。木村によれば警察の見解は自殺だということだが、本当にそうだろうか。安井の考えを聞いてみたいと香織は思った。

安井は、昨日までの安井とは全く違っていた。目は虚ろで、心ここにあらずといった状態である。見るからに顔色が悪く、頰もこけてしまったかのようだ。

香織は安井が話し出すのを辛抱強く待った。こんな時は、下手な慰めを口にしても始まらない。本人は悲しくて悲しくて現実を受け入れられなくなっているからだ。

「香織さん」ようやく安井が顔を上げた。目が赤い。「どう思いますか？」

「どう思うかって？」

「警察は自殺と考えているようです。でも僕には信じられない」安井は両手で顔を覆った。「もうすぐ結婚式ですよ。生野さんにも来ていただくことになっていたのに……」

「安井さんは自殺ではないと考えているのね」

香織は、努めて冷静に言った。

香織も警察の見解を信じているわけではなかった。

「そうです。自殺なんてあり得ない。僕と結婚するんですよ」

安井は怒りを露わにした。

「私もそう思う。絶対におかしい。でも警察は自殺だと言っているんでしょう？」

「ええ」

安井は力なく項垂れた。

「状況を教えてくれる？」

香織の問いかけに、安井は涙目になりながら話し始めた。

朝、出勤途上に安井は、麗子の住むマンションに立ち寄ったのだという。麗子は安井の近所に居を構えていた。それは偶然だったのだが、二人の仲を急接近させた要因の一つでもあった。

麗子が住むのは、民間の不動産会社が経営する大型の賃貸マンションである。多くの人が住んでいた。治安上の問題はないが、近所づき合いはさほどあるとは思えない規模だった。

「結婚式について相談があったので、一緒に駅まで行くことにしていたんです」

安井は、麗子の部屋のインターフォンを押した。

いつもなら「はい！」とインターフォン越しに元気のいい声が聞こえるのだが、おかしなことに何の反応もない。

繰り返しインターフォンを押したが、全く何の反応もない。

ドアノブを回してみたが、鍵がかかっていた。

この時間帯、麗子が中にいることは間違いない。胸騒ぎがした安井は、持っていた合鍵でドアを開けた。二人は互いの部屋の合鍵を交換していたのだ。

麗子の名前を呼びながら、安井は部屋に入った。

玄関には、麗子の靴がきちんと揃えて置かれていた。

玄関を上がったすぐ先がダイニングになっている。脇には風呂、洗面所、トイレ。ダイニングの先に、洋間が二つあった。一つは寝室であり、もう一つは麗子が趣味を楽しむ部屋となっていた。

典型的な2DKである。

明かりはついていなかった。

まだ寝ているのかと思い、安井はダイニングから寝室に向かうドアを開けた。

寝室もカーテンが閉め切られ、暗いままだった。

目を凝らさなくては中の様子が見えない。

ただし、わずかに左右のカーテンに隙間があり、そこから一筋の光がベッドに差していた。光の帯が布団の膨らみを照らして山なりの弧を描いている。麗子が眠っているのだろうと思った。

安井は安堵した。

寝室で麗子と二人、体を温め合ったことなどが思い出された。

夜遅くまで趣味の木彫りにでも熱中していたのだろうか、寝過ごしたらしい。安井は忍び足でベッドに近づいた。いきなり布団を剥がして「こら、起きろ！」と驚かそうと思ったのだ。

ベッドの傍まで来ると、布団の膨らみがはっきりと見えた。布団は、麗子の爪先から頭までをすっぽりと覆っている。子どもみたいな寝方をするものだと、安井は愉快な気持ちになった。

その時、安井は足元に違和感を覚えた。

靴下を通じて、冷たく、ぬるりとした感覚があるのだ。

おかしいと思った安井は足を持ち上げ、違和感の正体を見極めようと指で足裏を拭い、顔に近づけた。

あっ……。

暗闇の中ではあるが、それはこの場所に本来あるべきものでないことが、はっきりと分かった。血である。

安井は慌てて、ベッドの布団を乱暴に引き剝がした。

カーテンの隙間から差す光が、麗子の顔を照らした。

目を閉じたままの麗子の顔は青ざめ、赤みは全くなかった。

麗子！

安井は叫び、麗子を抱き起こした。

だらりと垂れた腕に血がこびりついていた。

もう二度と麗子が目を開け、明るい声で「壮太さん」と呼びかけてくれることはない。安井は麗子を抱いたまま号泣した。

麗子の遺体発見までの一連の様子を聞き、香織は悲しみに打ちひしがれた安井を見つめていた。

香織にとって、麗子は親しい友人である。なぜ死んだのか、はっきりさせねばならないと思った。安井との結婚式は、二カ月後の四月。桜の花の満開の下、都内のホテルで開催されることになっていた。勿論、香織も出席する予定だった。

その麗子が自殺だなんて納得がいかない。安井も同じ気持ちだろう。

「ねえ、安井さん、どうして警察は自殺だと認定したの？」

香織が訊くと、安井は怒ったように顔を上げた。

「僕は自殺だなんて信じていない」

安井は語気を強めた。

「私もよ。麗子が自殺するはずないじゃないの」

「生野さんもそう思ってくれるの」

「当然よ。それで、なぜ警察は？」

「まず、マンションの部屋に外部から侵入した形跡がないことが最大の理由みたい。僕が部屋に入る時、内部から鍵がかかっていたのは間違いがないから。それに……」

「それにって？　遺書か何か？」

香織が安井に迫った。

「ああ、そうなんだ。麗子が木彫りに凝っていたことは知っているよね」

「ええ、新居に飾るレリーフを彫りたいなんて言っていたわ」

香織は、麗子が彫った木彫りのスカーフ留めをプレゼントしてもらったことがある。

「まだ何も彫られていない木彫りの板が、寝室の隣の洋間にあってね。それに『死』と彫られていたんだ。麗子の手首を切ったのは、その際に使った彫刻刀らしい……」

安井は再び両手で顔を覆った。

「それが遺書なの？　警察はそう言っているの？」

「警察の見解はそうなんだ。結婚前に憂鬱になって自殺する女性がいるらしい。婚前鬱だって。木彫りをしようと思っていた時、発作的に死にたくなって、ベッドで横たわって手首を切ったと言うんだ」

「そんな馬鹿な……。麗子には、そんな様子は全くなかった」

結婚、出産など人生で幸福の瞬間であるはずの時に、鬱病になる人がいる。原因は様々だが、人生の大きな転機を前にして不安が募るのだろうと言われている。

「僕もそう思う。そんなことはあり得ない。麗子は心から幸せそうだった……。きっと誰かに殺されたんだ！」

安井は縋るような目で香織を見つめた。

「麗子は殺されたと考えているの？」

香織は冷静な口調で言った。

「それしかないでしょう」

安井は険しい目つきで断言した。

「そうね……。木彫りの遺書なんて聞いたことがないし……」

香織は考え込んだ。

「そうさ。もし遺書を書くなら、ちゃんと紙とペンを使うでしょう。でも警察は、遺書にもいろいろあるんだって言うんだ。血で書く人もいるしね。死ぬ人の気持ちなんて本当のところは誰にも分からないって。奴ら、いい加減なんだ」

ついに安井は、警察を「奴ら」呼ばわりした。

「麗子が殺されたとして、何か、その兆候（ちょうこう）には気づかなかったの？　脅（おど）されているとか、狙われているとか」

「それがね……」

安井は記憶を辿（たど）るが、すぐには思い浮かばないのか、苦しそうに眉根を寄せた。

「もし警察に殺人の線で捜査を頼むにしても、その根拠がないとね」

香織は悔しさに唇（くちびる）を嚙（か）み締（し）めた。

「そうだ」

安井が大きく頷（うなず）いた。

「何か思い出した？」

「ああ。麗子は相談したいって言っていた……。何か相談したいことがあったみたいだ」

「何の相談？」

「それが分からないんだよ」

安井は再び困惑（こんわく）して眉根を寄せた。

ふう、と香織は大きくため息をついた。

「生野さん、麗子を殺した犯人を一緒に捜してくれ。警察がやらないなら、僕がやる」

涙目をこすりながら安井が言った。

香織は迷った。麗子が自殺したとは信じられないが、誰かに殺されたとも、にわかには信じがたい。

警察官でもない香織と安井が死の真相を突き止めることなどできるのか。全く自信が持てなかった。こんな時、主水ならどうするだろうかと香織は思った。

「分かったわ。一緒に調べましょう」

香織は頷いてみせた。安井の悲痛な表情を見て、何とかしなければならないと思ったのだ。主水なら、きっと同じように行動を起こすだろう。

「ありがとう」

安井は、再び溢れそうになる涙を拭うように、指で強く目元をこすった。

4

香織と安井は、高田署の一室で木村刑事と向き合っていた。

香織は、古谷伸太（ふるやしんた）支店長の特別な計らいで、一週間の休暇を付与された。実質的には年次有給休暇の消化であるが、安井が納得いくまで協力していいとの許可である。

全く仕事が手につかない状態の安井にも、休暇が命じられた。

お陰で香織と安井は、麗子の死の真相を追うことができる。

しかし香織は、大きな期待を抱くのはやめようと思っていた。安井は殺人であると確信し、他の考え方を全く受け付けないが、先入観を持ち過ぎると間違うことが多い。香織は、あくまでも安井のサポート役に徹しようと考えていた。

「安井さん、君はどうしても自殺じゃないと思うんだね」

木村が首を傾（かし）げた。といっても、面倒がるような顔ではない。安井に同情している様子だ。

「はい、絶対に違います」

安井は力強く言い切り、身を乗り出した。

「それじゃあ、殺された理由は何かな？　心当たりはあるのか？」

木村の問いに、安井は表情を歪ませた。自信を持って出せる答えがないのだ。

「警察は、自殺の線で捜査を完了したのですか？」

代わりに香織が訊いた。

「今のところはね……。他殺の線は出てこないわな。安井さんに全て話したわけではないが、捜査は充分に尽くしたと考えているけどね」

木村の表情は渋い。

「木村さんはどう考えているんですか？」

「俺？　俺個人がどうかって？」

木村は、自分を指さした。

「そうです。天才的な謎解き能力を持ち、弱きを助け、強きをくじく正義の味方、木村健さんの考えを聞かせて欲しいんです」

香織は木村を持ち上げるだけ持ち上げた。

「そんなにおだてないでよ」

木村が嬉しそうに笑みを浮かべ、右手で顎を撫でた。

「麗子には、自殺する気配なんかなかったのです。木村さん、助けてください」

安井が木村に頭を下げた。

「木村さん、お願いします」

香織も頭を下げた。

「うーん」木村が眉根を寄せた。「香織ちゃんに頼まれると弱いなぁ」

木村は困惑していたが「仕方がないね。俺も協力するよ」と折れた。

「ありがとうございます」

香織と安井が同時に頭を下げた。

「しかし、俺も警察組織の人間だからね。あまり自由に動けないからね。それだけは分かってくれよ」

「はい。承知しています」

安井は即答した。

「手始めに、稲葉さんが勤務していた曙建設に行ってみたらいい。一応、俺も話を聞いて、特段、何も不審なところはなかったがね……。総務部長の讃岐さんという人がいる。俺から連絡しておくから、会ったらいい」

木村が言った。

「ああ、それから香織ちゃん、ちょっと」

帰ろうとすると、香織は木村から呼び止められた。

「何ですか？」

香織が振り返った。安井も立ち止まった。

「香織ちゃん、ちょっと来てくれる？」

木村が手招きをする。

「私は？」

安井は自分を指さした。

「ああ、安井さんは結構です。香織ちゃんだけ。少し香織ちゃんと話があるから、君は出ていてくれないかな。極めてプライベートなことなのでね」

木村は、申し訳なさそうに微笑(ほほえ)んだ。

「分かりました。外で待っています」

安井は部屋を出た。

「何ですか？　もう、早くしてください」

香織がふくれっ面(つら)で木村に近づく。

木村は、香織の耳元に手を当てた。

「実はね、稲葉麗子さんは妊娠していたんだ。まだ三カ月にも満たない状態だったけどね」

「えっ」

香織が目を瞠った。

「シッ」木村は人差し指を立て、唇に当てた。「解剖によって分かったんだが、安井さんには秘密だ。ご遺族には一応お伝えしたんだが、ショックを受けられていてね」

「分かりました。その子は、勿論、安井さんとの間の子?」

「常識的には、そうだろうと思うけどね。安井さんにはどうか内緒にしておいてあげて欲しい」

「麗子が安井さんに相談したいことがあると言っていたらしいのですが、もしかして相談って、妊娠のことでしょうか?」

「さあね? 何とも言えないが……」

木村の表情が曇った。

「ねえ、木村さん、やっぱり麗子は自殺したんじゃない気がします。だって愛する人との結婚が決まり、その上妊娠までしていたのに、自ら死を選びますか?」

香織は、抗議するように言った。

「そう言われるとその通りだと思えるし、そうでもないとも……」

「どういうことですか？」

「ＤＮＡを調べてみないと何とも言えないが、仮にお腹の子どもが安井さんの子どもでなかったとすれば、日に日に大きくなっていくお腹を眺めて、どうしようか悩まないかな？　それで結局、自殺ってことに」

「馬鹿な！」香織が激しく抗議した。「麗子はそんな女性じゃありません」

「声が大きいよ。外にいる安井さんに聞こえるよ」

「ごめんなさい」

香織は謝った。

「まあ、いずれＤＮＡ鑑定をする必要が出てくるかもしれない。このままそっとしておくのもありかなと思ったのだけどね。君たちが自殺に疑いを持つから」

木村は言った。

「もし、ですよ。もし……」香織は木村を見つめた。「子どもの父親が安井さんとは別の人だったとしたら、そのことが発覚すると都合が悪い人がいて、その人が麗子を殺したってことも考えられませんか？」

「まあ、あり得ないシナリオではないけどね」

「そんなこと信じたくはありませんが。麗子が安井さんとつき合いながら別の人と深い関係にあったなんて……。まさか……。麗子はそんな女性じゃありません。麗子、ごめん。馬鹿なことを考えてしまったわ」

香織が目を潤(うる)ませながら、亡き麗子に謝った。

「この件は、いずれはっきりさせるから。俺も、殺人の線もありうるということで再捜査を上に進言してみるわ」

木村は請(う)け合(あ)った。

香織が部屋を出ると、廊下で安井が所在なげに立っていた。

「何だったの？」

安井が訊いた。

「何でもないの。今度、本店の美由紀(みゆき)と一緒に食事をする相談」

香織は、努めて平然と言った。

麗子の妊娠の件やDNA鑑定の件は黙っていることにした。安井の受ける衝撃を想像すると胸が痛い。今度は安井が自殺してしまうかもしれない。

「そうなんだ。生野さんと木村刑事の仲が良くて助かったよ。絶対に麗子の無念は晴らしてみせる。頑張るぞ」

安井は拳を握り締め、香織に向かって力強く言った。

「頑張りましょう」

香織は言ったが、気持ちは晴れなかった。真相を探るうち、麗子の知られざる一面が見えてくるようなことがないよう祈るばかりだった。

5

「私に何かできることがあれば言ってください」

スマートフォンの画面越しに、主水が香織に話しかけた。

香織は、隔離のため自宅待機している主水に麗子の死を報告し、安井と一緒に真相究明に当たることを伝えたのだ。

「いろいろ相談に乗ってくださいね」

香織が言うと、画面の中の主水は頷いた。

「大変でしょうが、頑張ってください。麗子さんのことは、私もとても残念です。結婚式を楽しみにしていましたから」

「主水さんも招待されていましたものね」

「そうです。安井さんはいい男ですからね。がっくりしているでしょう。安井さんが立ち直るためにも、真相の究明が必要だと思います」

「頑張ります。ではお休みなさい」

香織はビデオ通話を切った。主水が助言をくれるというだけで、力が湧(わ)いてくる。

「頑張るぞ」

香織は自分に言い聞かせた。

6

香織と安井は、新宿(しんじゅく)副都心にあるビルの前に立っていた。

「ここだね」

「結構巨大なビルですね」

二人が今から訪ねる曙建設は、このビルの二十階に本社を構えている。

「さあ、行きましょうか。木村さんから連絡が入っているはずですから」

香織は足早にエントランスホールへと向かった。

安井は緊張した顔で香織に続いた。

受付で名前を告げると、木村から連絡が入っていたため、手配よく受付嬢が通行証を渡してくれた。

香織と安井はゲートを通過し、エレベーターに乗った。

二十階に到着し、エレベーターのドアが開くと、女性社員が立っていた。

「安井様と生野様ですね」

女性は二人に向かって丁重に頭を下げた。

「はい」

香織が答えた。

「どうぞ、こちらへ」

女性は先に歩き、二人を応接室へと招じ入れた。

「すごいですね」

女性が一礼して退室する。ソファに腰を下ろした香織は感嘆の声を漏らした。

「さすが一流企業だ。曙建設は東証一部上場企業で、特に道路や港湾などのインフラ事業に強いんだよ」安井が説明した。「だから社長が国交省から天下りした元局長なのさ。会長は創業者の秋山慎太郎」

「さすがです」

「当たり前だよ。僕の妻になるはずだった麗子が勤務してたんだ。結婚式に招待した人もいるからね。今から会う讃岐さんだって招待していたんだから」

安井が話し終えるとすぐにドアが開き、男性が入ってきた。彼が讃岐だろう。

「お待たせしました」男性は、立ち上がった安井と香織に名刺を渡し、沈んだ顔で言った。「今回は、私も非常に驚くとともに心を痛めております。安井さん、どうかお力を落とされませんように。私も稲葉さんの上司として披露宴に参加させていただくことを楽しみにしておりました」

讃岐は中肉中背の体軀で、目鼻立ちも良く、中年ながら魅力的なタイプだ。

「ありがとうございます。本当になぜこんなことになってしまったのか、残念で悔しくて、気持ちの整理もつきません」

安井は苦痛の色を滲ませた。

「高田署の木村刑事さんからお二人がいらっしゃるとご連絡をいただきましたが、何か特別なご用事でもおありでしょうか」

「実は私は、麗子が何者かに殺されたのではないかと考えているのです。それで讃岐さんに何かお気づきのことはないかと……」

安井は真剣な顔で身を乗り出した。

香織は「安井さん」と声をかけた。殺人だと考えているのは、安井だけである。香織も、まだ自殺の線は捨て切れていない。安井はちょっと言い過ぎではないかと思ったのだ。

讃岐は眉根を寄せた。

「自殺ではなく、殺人だとお考えなのですか？」

「はい、絶対に誰かに殺されたんです。自殺する動機がありません」

安井は、讃岐に詰め寄った。讃岐が一歩後ろに下がった。

香織は、安井を制することを諦（あきら）めた。気の済むまで、安井のやりたいようにやらせるしかない。

「座りましょうか？」

讃岐がたじろぎながら、ソファに座るようにと二人に勧（すす）めた。

安井と香織はソファに座り、讃岐と向かい合った。

安井は必死の形相（ぎょうそう）で、讃岐を見つめている。

「殺された？　今回のことは自殺ではなく殺人だというわけですね。警察もそのように考えていると」

「はい、その可能性もあると考えられています。だから私たちも警察に協力しようとしています」

「殺人事件なのですか？　それは大変なことになりましたね……」

讃岐は、独り言のように言った。

「どんなことでもいいんです。改めて、思い出されることはありませんか？」

「警察に話したこと以外にね……。思い出すこと……。殺人事件となるとね」

安井に問われ、讃岐は何かを思い出そうとしているかのように腕組みをした。

「麗子は、御社でどんな仕事をしていたのでしょうか？」

安井が訊いた。

「稲葉さんには、私の下で社内の庶務的なことをしていただいておりました。とても有能で、みんなに好かれていました」

「恨みを買うようなことはありませんでしたか」

「それはないと思いますが、ただ……」

讃岐が首を傾げた。何か思い当たる節があるようだ。

「何か気になることがあるのですか？」

安井は、畳みかけるように訊いた。

「殺されるような恨みを受けていたとは思いませんが……ただ」

「ただ、何ですか？」

「こんなことはわが社の恥なので話したくはないのですが、パワハラに悩んでいたと聞いています」

讃岐が言いにくそうに声を潜めた。

「パワハラ？　どういうことですか？　はっきり教えてください。ことと次第によっては、大問題です」

安井は興奮し、表情を険しくした。あまりにも詰問調になったので、讃岐が困惑している。

「安井さん、ちょっと待って」香織は安井を制し、讃岐に向き合った。「すみません。詳しくお聞かせ願えますか？　私たちは、稲葉さんの死の真相を知りたいだけなのです」

讃岐は周囲を気にかける素振りをした。

「わが社は、国の仕事を多く請け負っています。そのため社長は国土交通省から来ていただいています。いわゆる天下りです」

「はい、存じ上げております」

「社長の三上は元国土交通省の局長だったのですが、真面目過ぎるといいますか、言葉がきついといいますか……」

自分の会社の社長の行状は話しにくいのだろう、讃岐は奥歯にものの挟まったような言い方をした。

「その三上社長がパワハラをしていたのですね」

香織が質すと、讃岐は頷いた。

「天下り社長のパワハラに、麗子が悩まされていたというのですか？」

安井が怒りを押し殺すように言った。

「ええ、まあ。三上社長のパワハラには、稲葉さんだけでなく、多くの社員が被害を受けているんです。かく言う私もなのですが。まあ、何と言ったらいいんでしょうか。高級キャリア官僚にありがちだと思うんですが、下々の私たちが馬鹿に見えるんでしょうね。何かにつけて怒鳴りまくるんです。馬鹿だとか役立たずだとか、言いたい放題ですよ。全く困ったものです」

「証拠や証言はあるのですか？」

「証言というより、あくまで私の個人的感想といいますか、想像ですが……いいですか？　誤解しないようにしてくださいね」

讃岐は念を押した。自分の発言が独り歩きしないかと警戒しているのだろう。

「はい」

香織と安井が同時に返事をした。

「どうも三上社長は、稲葉さんに特別な感情を抱いていたような気がするんです。彼女はとても素敵な女性でしたから、あなたとの」讃岐は安井を見つめた。

「結婚が決まってから、パワハラがきつくなった……。特に彼女に対して。これはあくまで私の想像です」

「あのぉ、それはつまり、三上社長が稲葉さんを好ましく思っていたのに、別の男性と結婚することになって、嫉妬からパワハラがきつくなったってことですか？」

香織が念を押した。

「ええ、まあ、そんなところです」

讃岐の表情が歪んだ。

「許せない」安井が息巻いた。「それはパワハラとセクハラではないですか。三上社長のせいで麗子は死んだのか」

「安井さん、早合点（はやがてん）しないで。それは自殺の原因になるかもしれませんが、殺人の動機にはならないわよ」

「三上社長が嫉妬に狂って、麗子を殺したとは考えられないか」

「ちょ、ちょっと待ってください。そんなことは言っていません」

讃岐が、興奮する安井を慌ててなだめた。

「申し訳ありません」

ようやく安井は我に返り、冷静さを取り戻した。

総務部長として対外的にコンプライアンス徹底を謳（うた）うべき立場の讃岐が三上社長のパワハラの件を口にするのはなぜなのか。讃岐に何らかの意図があるのか。それとも讃岐と三上社長との関係が良くないのか。香織は現在のところは深く詮索しないことにした。

讃岐の話によると、社長の三上隆志（たかし）は、国土交通省の局長から曙建設に顧問として天下りし、後に社長になった。

民間企業で働く人間は官僚より下等であるとでも考えているのか、三上は部下を厳しく叱責（しっせき）するという。中には我慢できずに退職する者もいた。

総務部に所属していた麗子は、三上の庶務的な業務も担当していた。専属の秘書を持たない三上の、いわば秘書のような立場である。そのため頻繁に三上と接触していたが、日に日にパワハラが激しくなり、讃岐も見ていられなかったという。担当替えをしようかと持ち掛けたこともあったが、麗子は気丈にも「大丈夫」と言い続けていたようだ。

「申し訳ありません」と讃岐は安井に頭を下げた。

「今更謝ってもらっても、麗子は戻ってきません」

安井は悔しそうに唇を噛んだ。

「私は、これで失礼します」

讃岐がソファから腰を上げた。もうこれ以上は勘弁(かんべん)して欲しいという様子だ。

「他に稲葉さんについて話を聞ける人はいませんか?」

「さあ、分かりません」そこで讃岐は声を潜めた。「私が三上社長のことを話したなんて、絶対に口外しないでくださいよ」

「分かりました。絶対に口外しません」

香織が答えたが、安井は眉根を寄せ、唇を固く閉じたままだった。

讃岐に送られ、安井と香織は応接室を出てエレベーターホールに向かった。

讃岐の話が本当だとしたら、麗子は三上社長のパワハラとセクハラに悩んでいたことになる。しかしそれが直接殺人に結びつくとは思えない。収穫があったようでなかったような空しさでエレベーターを待っていた。

「すみません」

そこへ女性社員が近づいてきた。先ほど応接室に案内してくれた女性だ。

「はい、何でしょうか?」

安井が振り向いた。

女性社員は、周囲を見回して誰もいないことを確かめた。

その時、エレベーターが到着した。

「一緒に乗りましょう」

女性社員は、エレベーターに乗り込んだ。

事態を呑み込めなかったが、香織も安井も慌ててエレベーターの中に入った。

「私は、亡くなった稲葉さんの先輩にあたります。柳原清美と言います」女性社員は自己紹介した。「お二人は、稲葉さんの死について調べておられるのですね」

「ええ、その通りです」

安井は香織と顔を見合わせた。

「少し、お時間ありますか？」

清美は言った。

「あります。だいじょうぶです」

思わぬ申し出に、安井は明らかに興奮している様子だった。

「では、このビルの地下にカフェ・マリリンがあります。そこでお待ちください。すぐに参ります」

清美は言い残すと、途中の階でエレベーターを止めて出ていった。

「安井さん、新たな証言が得られるかも！」

香織も気持ちが昂（たかぶ）るのを感じた。

「うん」

安井は大きく目を見開き、頷いた。香織以上に興奮している。

7

カフェ・マリリンで香織と安井が待っていると、柳原清美が現われた。

清美は三十代後半だろうか。麗子の先輩とはいうが、かなりの先輩だった。

麗子と同じ総務部に所属していて、讃岐の部下でもある。

総務部に女性社員は少ない。だから何かと相談し合い、仲は良かったという。

結婚式に招待していたため、安井も麗子から話だけは聞いていたが、実際に清美に会うのは初めてだった。清美が言うほど麗子と仲が良く、関係が深かったとは知らなかった。

コーヒーが運ばれてくると、清美は一口飲み、声を詰まらせた。

「この度(たび)は本当にご愁傷(しゅうしょう)さまでした。私もとても悲しくて、仕事が手につかないほどで……」

「ありがとうございます。私も悲しくて、それでどうしても自殺したことが信じられなくて……」

安井は目を伏せた。

「安井さんは、稲葉さんが自殺したとは考えておられないのですね」

「はい。私は、麗子は何者かに殺されたのだと考えています」

「そうですか……」清美は考え込む様子を見せた。「あんなに明るい稲葉さんが自殺なんてね……。讃岐部長は何か言っていましたか?」

清美は探るような目を香織と安井に向けた。

香織は安井の顔を窺（うかが）った。安井は、どう反応すべきか考えている様子だ。

「特には、何も」

安井は慎重に答えた。清美を全面的に信用してパワハラの情報を伝えるわけにはいかないと判断したのだろう。

「讃岐部長は、稲葉さんが三上社長のパワハラに悩んでいたとでも言っていたんじゃないですか？」

「いえ、何も……」

安井の顔に動揺が浮かんだ。

「まあ、いいでしょう」清美はコーヒーを飲んだ。「讃岐部長が言いそうなことです。確かに三上社長はパワハラ体質ですが、それほどでもありません。むしろ稲葉さんは、讃岐部長のセクハラに悩んでいました。安井さんには悪いですが、二人はつき合っていたんじゃないかと……」

清美は、安井の反応を探るように言った。

「えっ」

安井が動揺して、言葉を失った。

「ちょっと待ってください」香織が割って入った。「本当ですか？」

「本当のことだと思います。二人には、つき合っているという噂（うわさ）がありました。でも讃岐部長は妻帯者です。今の奥様と別れようという話だったのですが、それは口先だけだったようです」

「ちょっと待ってください。麗子からは、そんな話は聞いたことがありません」

安井は激しく動揺した。

「言うはずないじゃないですか。安井さんと婚約したのに。本当のことは亡くなった稲葉さんにしか分からないでしょうね」

清美はやや突き放したように言った。

「ああ、まさか」

安井は、両手で頭を抱（かか）えた。

清美の発言は安井の心をえぐり、血を流させるような内容だった。

香織は麗子と親しかったが、職場の上司の話を聞いたことは一度もなかった。

清美の証言は本当なのだろうか。本当だとしても、なぜ自分たちにその話をするのか。清美が讃岐のことを良く思っていないことだけは確かなような気がした。

「確認しますが、麗子は妻帯者である讃岐部長と不倫（ふりん）関係にあったとおっしゃりたいのでしょうか？」

香織は訊いた。「不倫」などという言葉を安井の前で使いたくはなかったが、仕方がない。

「まあ、私の推測でしかないかもしれないですが、そういうことでしょうね。安井さんには申し訳ないですが」

清美はあっさりと肯定した。

「すると麗子は、讃岐部長との関係を清算するために、あるいは清算したから、安井さんとの結婚に踏み切ったとでも？」

香織の清美への問いかけに「ああ！」と再び安井は頭を抱えた。

「まあ、そういうことかしら」清美は平然として言った。「ケーキを頂いていいかしら」

「どうぞ」

清美はスタッフを呼ぶと、ショートケーキを頼んだ。

「ここのケーキは割と美味しいの」

運ばれてきたのは、白い生クリームに大粒の苺が載ったケーキだった。清美はそれを美味しそうに食べ始めた。

「柳原さんは、なぜその情報を私たちに教えてくれようと思ったのですか」

香織は言った。

「私も稲葉さんの死に納得がいかないんです。自殺か殺されたのか、それは分かりません。しかし讃岐部長がのほほんとしていることが許せないっていう気持ちがあります」

あっという間にケーキを食べ終えると、清美は立ち上がった。

「それでは、私はこれで失礼します」

「えっ、帰るのですか」

唐突な展開に、香織は驚いた。

「はい。真相が明らかになって、稲葉さんの霊が慰められることを祈っています」

「嘘だと言ってください。麗子が不倫だなんて……」

安井は縋るような目つきで清美を見上げた。

木村刑事によれば、麗子は妊娠していたという。信じたくはないが、その子どもが安井との間ではなく、讃岐との間にできたのだとしたら……。

香織は考えを巡らせた。

日に日に成長するお腹の中の子どもに怯え、安井に真実を告げることもできず、追いつめられた麗子が自殺した可能性もある。

もう一つ、讃岐が麗子の妊娠を知り、関係を清算するために殺害した可能性もある。

讃岐は、三上社長によるパワハラとセクハラ行為を香織たちに告げ口した。あれにはどんな意図があったのだろうか。讃岐が推測した通り、三上社長が麗子に好意を抱いていたのだとしたら、麗子のお腹の子どもの父親は三上社長であるという可能性も捨て切れない。そうなると、三上社長にも殺害の動機がある。

それにしても讃岐は三上社長を非難し、清美は讃岐を非難する。いったい曙建設の人間関係はどうなっているのだろうか。麗子は、この錯綜した人間関係に疲れて、発作的に自殺を図ったのだろうか。

清美は、安井に慰めの言葉をかけることもなく、店から出ていった。

打ちひしがれて頭を抱える安井を、香織は見つめていた。

暗い穴に落ち込んだ気がしていた。

第二章　陰謀

1

多くの支持者が集まっているにも拘わらず、選挙事務所は水を打ったように静まり返っていた。もうすぐ投票結果が公表される。

山村健介は、自分の鼓動だけがやけに大きく響いている気がしていた。ほう、と大きく息を吐いた。

数カ月前の記憶が、昨日のことのように蘇ってきた。

＊

数カ月前のある日、山村は、曙建設の広い応接室で体を縮めながら、社長の三上隆志を待っていた。

国土交通省で地方振興課の課長を務めていた山村にとって、三上は同郷の大先輩である。ほんの一時期、三上の部下として働いたことがあった。同郷という縁があり、他の部下よりは可愛がってもらった覚えがある。

「なんとしてでも当選しなくてはならない。夢を叶えるんだ」

山村は、気づかないうちにスラックスの膝の辺りを強く握り締めていた。

ドアが開いた。

山村は床を蹴り、ソファから立ち上がった。即座に腰を九十度以上折り曲げ、頭を下げる。

「おお、待たせたね」

頭上で、三上のやしわがれた声がした。

「そんなに腰を曲げたら、腰痛になるぞ。もういいから、頭を上げなさい」

「ははぁ、では失礼します」

山村は上体を起こし、三上を見た。

温和な顔立ちで、頭髪は見事なシルバーグレイである。国土交通省きってのダンディと言われていた雰囲気を、曙建設の社長となった今も保っている。

ところが優しげな顔に似合わず、三上は非常に厳しい上司だった。部下を殴りこそしないが、少しのミスも許さなかった。激しい言葉で罵り、相手の人格が崩壊しそうになるまで止めないことも多かった。怒りを上手くコントロールできない性格なのかもしれない。

そのため部下たちは、三上を怒らせないように汲々として仕事をしていた。山村も書類を提出する際、誤字はないか、数字の間違いはないか、何度も何度も見直したものだった。このまま提出しなければ怒られることもないのではないか……などと矛盾した考えが頭を過ったことさえあった。期限までに提出できなければ、もっと怒られるというのに……。

「座りたまえ」

「はっ、では失礼します」

山村は緊張したまま、再びソファに腰を下ろした。

官庁によっては上司を上司と思わぬ談論風発、下剋上の気風があるが、国土交通省はそうではない。体育会的というのだろうか、上司には絶対服従である。その見返りに上司は部下の面倒を見る。それが三上のパワハラ体質の原因の一つかもしれない。

しかしそんな厳しい三上に山村は頼らねばならない。どんなことをしても彼の歓心を買わねばならない事情があるのだ。

山村は、近く実施される衆議院議員選挙に与党民自党から出馬する。そのために国土交通省を退職した。不退転の決意である。

国会議員になるのは、山村の子どもの頃からの夢だった。子ども時代に育った地方の町がどんどん寂れていくのを、山村は悲しい気持ちで見ていた。何とかしなくてはいけない。子ども心に思いを強くした山村は勉強して東京大学に入り、官僚を経て、政治家になるという道筋を思い描いた。

東京大学、官僚までは順調に歩んできた。そしていよいよ、衆議院議員選挙への出馬が叶ったのだ。

首相の安永龍太郎が率いる民自党の新人公募面接に合格した。直後、安永から「当選したら、私の仲間になってくれよ」と派閥入りを耳打ちされた。

天にも昇る気持ちとは、ああいう状態を指すのだろう。山村は迷いなく即座に「はい」と答えた。これで政界での出世は確実だと思った。

民自党事務局の担当から、選挙についてのこまごまとした注意を受けた。法律違反をしてはならないこと、マスコミには気をつけ、スキャンダルを報道されないこと、余計な発言はしないこと、ＳＮＳを活用するのはいいことだが、炎上するような文句は書き込まないことなど、微に入り細を穿って指導されたのだ。まるで子どもにするような注意だが、バカバカしいと思ってはいけない。SNSへの不注意な書き込みから批判を浴びたり、過去の女性関係などを週刊誌に暴露されたりして立候補を断念した人もいるからだ。

「どうだね。準備は上手くいっているかね」

三上は長い足を組んで、鷹揚な人物であるかのように振る舞う。

「ははぁ、おかげさまで」と山村は答えながらも、言葉を詰まらせて三上を見つめた。「ですが……」

「どうしたんだね。あまり順調じゃないのかね。あの一〇〇〇万円は役に立っているのだろう？」

三上の眉間に皺が寄った。

山村は、不味いと悟った。ここで三上を怒らせてはならない。

「大変助かっております」

山村は低頭した。

「有効に使ってくれたまえよ」

「はい」

公職選挙法や政治資金規正法により、政治資金の寄付は厳しく制限されている。個人が選挙候補者に金銭を提供することは禁じられているのだ。しかし山村は、三上から一〇〇〇万円もの金額を受け取っていた。

個人から政治団体などへ寄付をするなら合法ではあるが、支援先として候補者個人を特定することはできない。すなわち三上から山村への選挙資金提供は、違法な裏金である。

「どうもはっきりしないね。君が当選してくれることでわが社に良い影響があると思うから、多額の金を出したんだぞ。その浮かない顔はどうしたんだね」

三上が不機嫌になりつつあるのが分かった。ここで爆発されては困る。

山村はソファから降りるや、床にひざまずいて土下座した。

「申し上げます。もう一度助けてください」

「どうしたんだね。はっきりしたまえ。君は、私の歴代の部下、後輩の中で、最も可愛がっていた男だ。水臭いぞ」

「ありがとうございます。そう言っていただけると涙が出てきます」

「男が泣くんじゃない。だらしないぞ」

「実は、民自党の都連から三〇〇〇万円も寄付しろと言われたのです」

山村は、探るような目つきで三上を見上げた。

途端に三上の目が厳しくなり、今にも大口を開けて怒鳴(どな)り出しそうになった。温和な顔が一変してしまった。

「三〇〇〇万円だと！」

「申し訳ありません」

慌(あわ)てて山村は低頭した。もう一度土下座の格好になる。

「説明してください」

三上の押し殺したような声が頭上に飛んだ。

「今回は、民自党の分裂選挙になり、非常に厳しい戦いになっています」山村は声を震わせた。「都連の票読みでは、私は今一歩のところだそうです。このままでは当選が難しいと言われています。それで指を三本立てて、要求されました。三〇〇〇万円です。その金を選挙の実質的な力となっている都議会議員に配るというのです。そうしないと落選すると言われました。落選しないためにはこれくらいなんとかしろ、とも……」

「三〇〇〇万円あれば当選するというのかね。君は安永首相の信任を得ているから、そちらからの支援があるんじゃないのか」

「はあ、勿論その通りですが、安永首相、そして工藤幹事長の支援はあくまで党本部のことであって、実際の選挙を行なっているのは都連です。そこに対して覚悟を見せなさい、そうでないと本気で動かないと言われまして……」

工藤幹夫は民自党の辣腕幹事長と言われ、今回の選挙を党本部で指揮している人物である。

山村は情けない顔で、三上を見つめた。

「もう一度訊くが、本当にその金で当選できるのかね」

「はい。それは確実だと。そんな大金を用意するのは難しいと申し上げましたが、情けない奴だ、はした金も集められないのかと……。相手も必死でやっているんだ、君がやらねば負けるだけだぞと……」

「露骨だな」

三上は天井を見つめたまま、無言になった。

山村は、ものすごく長い時間に思えて、息が詰まった。

「分かった。なんとかしよう」

三上は力強い声で言った。

その瞬間、山村はその場に倒れ込みそうなほど力が抜けた。

当選した時の「万歳、万歳」という歓声が聞こえた気がした。

＊

「山村健介　民自党、東京26区　当選確実……」

公共放送のアナウンサーの声が、選挙事務所に響いた。

事務所内に「万歳、万歳」が沸き起こった。

それはあの時、曙建設の応接室で聞いた歓声と同じだった。

2

「おかしな会社だね」

携帯の画面に映った多加賀主水が首を傾げた。

「そうなんですよ」生野香織は頷いた。「何だか社内コミュニケーションが取れていないみたいですね。讃岐総務部長は、三上社長のパワハラを非難して、麗子の死はそれに原因があるのではないかと言うんです。一方で柳原さんという総務部員は、麗子が讃岐部長と不倫していたのではないかと言うんですよ。安井さんが『麗子の死は自殺じゃなくて殺人の疑いがある』って、ちょっと先走って話したものですから、二人とも衝撃を受けていたことは確かですが……」

「コミュニケーションの取れていない会社には不祥事が増えるっていう傾向がありますからね」

「そうですね」

その後、主水はしばらく考えていたが「木村刑事は殺人事件と考えているんですか？」と訊いた。

「それが……。実は、麗子は妊娠していたんです」

「本当ですか？」

「ええ、木村刑事からの情報です」

「安井さんとの間の？」

「そうだと思うのですが、まだはっきりしていなくて……。妊娠のことは、安井さんには内緒なのですよ。安井さんが知ったら、おかしくなってしまうかもしれません」

「麗子さんを妊娠させた男が、立場を守るために殺したとか？」

「その可能性があるかもしれません」

「耐えられませんね。特に安井さんにとってはね。それで、木村刑事は殺人事件として捜査してくれるのですか」

「分かりません。木村さんは、やってみるとおっしゃってくださいましたが、警察って、終わった事件を再捜査なんてしないでしょう?」

「木村刑事に期待しましょうか。安井さんにとって辛い結果にならなければいいんですがね」

「私もそう思います。これからどう進めていったらいいでしょうか」

香織は、主水を見つめた。

主水は、しばらく黙って考え込んでいた。やがて小さく頷くと「三上社長に会えるといいですね」と提案した。

「上場企業の社長でしょう? 会いたいって言って、すぐに会える人じゃないでしょう?」

香織は顔をしかめた。

「ちょっと動いてみます。三上社長は、国交省出身でしたね」

「そうです。局長だったようなので、偉い人みたいです」

「ははは、分かりました。偉い人ほど、偉い人に弱いんですよ。何とかなります」

　画面の中の主水が笑った。

　香織に勇気が湧いてきた。主水が自信を持って答えてくれると、何だか本当に上手くいくような気がするから不思議だ。

「お願いします。もし実現すれば、安井さんと一緒に会いにいきます」

「任せてください。それじゃあ、これで。保健所に定時連絡する時間ですから」

　スマホの画面から主水が消えた。

　香織は、主水が早く現場に復帰してくれることを望んでいた。一方で、主水不在の間に麗子の死の真相を解明して、自慢したい気持ちもどこかにあった。

　それにしてもコロナウイルス感染症の終息は、まだ見通せる状態ではない。日本政府の二〇二〇年度コロナ対策予算は、地域支援やワクチンなどを含め約七七兆円と言われる。十年あまりにわたる東日本大震災の復興予算約三二兆円の倍以上である。

　これだけ膨大な予算を使いながら、二月上旬現在、日本全体で四〇〇万人近くが罹患し、約二万人が亡くなったのである。

　世界では約四億人が罹患し、約五七〇万人が亡くなった。

コロナウイルスは変異を繰り返し、終息する気配を見せたかと思うと、人間の油断の隙（すき）をつくように、再び猛威を振るい始める。いったいこのウイルスとの闘いは、いつまで続くのだろうか。

香織は、憂鬱（ゆううつ）になってきた。

「いけない、いけない。私がしっかりしなくては、麗子の死の真相を突き止められない。このままでは麗子が可哀（かわい）そうだ」

香織は独りごちた。

「山村健介　民自党、東京26区　当選確実……」

テレビの公共放送が選挙速報を流している。

——今日、選挙だったんだ。投票に行くのを忘れていた。

香織は、麗子の死の衝撃で、衆議院議員選挙のことをすっかり忘れていた。

「山村健介氏は、前国土交通省地方振興課課長です……」

テレビではアナウンサーが候補者の経歴を読み上げている。

「国土交通省？」

香織は、画面に映し出されている男の顔を見つめた。面長（おもなが）に太い眉（まゆ）の、なかなかのイケメンである。しかし唇（くちびる）が薄い。

香織は唇の薄い男性が好みではなかった。なぜか薄情な印象を受けてしまうのだ。香織の偏見だろうが……。好みだけは仕方がない。

「三上社長も国土交通省の出身だった。この人、後輩かしら？」

画面には、喜びで顔を崩した山村が花束を抱え、支持者に頭を下げる様子が映し出されていた。

「……本当にありがとうございました。この国をよくするために粉骨砕身、誠心誠意働かせていただきます……」

3

曙建設のオーナーで会長を務める秋山慎太郎は、リビングに設置された大型テレビを睨んでいた。ワイングラスを持つ手に力が入る。

「くそっ。なんてことだ」

秋山は腹立たしげに呟いた。

テレビからは、山村健介が当選確実との一報が流れてくる。

秋山が応援していたのは、山村と同じ民自党の現職議員である紀藤康夫だった。同選挙区で民自党から新人と現職が立候補したため、激烈な分裂選挙となっていた。

山村は四十代と若い上に、安永龍太郎首相の信任を得ている。当選後は、安永派に入ることが確実視されている。

一方、秋山が支援する紀藤は六十代後半と高齢で、同じ民自党ではあるが、安永とは別の派閥——岸見派に属している。

今回、安永が岸見派の力を削ぐために、分裂選挙を仕掛けてきたと言われている。選挙を現場で支えている都議たちの票の大半が山村に流れたことは、秋山にとって誤算だった。紀藤を支援する都議が軒並み山村支持に鞍替えしてしまったのだ。紀藤支持の都議はほんの二、三人になってしまった。それが最大の敗因である。

テーブルの上の電話が激しく鳴った。

秋山が受話器を取ると、「会長、申し訳ありません！」とまるで怒鳴り声のような声が秋山の鼓膜を激しく叩く。

落選が確実となった紀藤からだった。当初、秋山は彼の選挙事務所に行く予定だったが、敗色が濃厚となったため中止した。

紀藤の選挙事務所は今頃、葬式のように沈んでいることだろう。その中で彼は、いの一番に秋山に電話をかけてきたのだ。

「馬鹿者！」

秋山は声を張り上げた。

「申し訳ありません。不徳の致すところです」

紀藤が電話口で頭を下げている姿が、目に見えるようだ。

「負けたのは仕方がない」秋山は、気持ちを落ち着かせた。「思った以上に人望がないな、君は……」

「会長、それは違います」

紀藤も気持ちが鎮まったのか、次第に声が落ち着いてきた。

「何が違うのだ」

秋山は、眉根を寄せた。

「金です」

紀藤が声を潜めた。周囲にまだ支持者が残っているのだろう。

「金？」

「はい。大きな声では言えませんが、相当、金が舞ったようでして……」

「それは確かか?」

「確かです。私は、悔しくて悔しくて……。必ず金の動きを暴いてやります」

紀藤は悔しさを露わにしている。

「君はあまり動くな。次回がある」

秋山は紀藤を諭した。

「ですが……このままでは」

「耐えろ。私が何とかする。また連絡する」

「分かりました。会長のお役に立てるように頑張ります」

「ああ、期待しているよ」

受話器を置いた秋山はワイングラスを手に取り、赤ワインを飲み干した。空になったワイングラスを見つめる。そこに一瞬、三上の顔が映ったような気がした。気に入らない男だ。やたらと官僚風を吹かせ、人を蔑むような目つきをすることがある。

曙建設の事業の中心は公共事業である。しかし、だからといって国土交通省の官僚が偉いわけではない。工事代金の原資は税金である。国民がひたすら真面目に納付した税金なのだ。受注した曙建設は予算以上の工事を誠実に務め上げるから、長年に亘って受注できているのだ。

それなのに国土交通省は三上を無理やり社長として送り込んできた。威張るばかりで役に立たない。受け入れなければよかったと後悔しても先に立たない。もし妙な形で追い出せば、官僚がどんな意地悪をしてくるかも分からない。追い出すにしても、正当な理由がなければならない。

テレビが当選者の顔を映し出すのを、秋山は渋面を作りながら見ていた。

「山村さんは、保守分裂選挙を勝ち抜かれたわけですが、議員になられてから遺恨は残りませんか？」

辛口で有名なキャスターが山村に質問している。

笑みを浮かべた山村は「新人議員として一生懸命に働かせていただきます」と当たり障りのない答えを返した。いかにも官僚出身らしい、そつのない態度だ。

秋山は、山村の顔を凝視した。選挙ポスターで何度も見たことはあったはずだが、じっくりと見るのは初めてだった。

こんな若造にベテランの紀藤が負けるとはつゆほども考えなかったので、ポスターを見ても気に留めていなかったのだ。

なかなかいい男ではないか。女性層に人気がありそうだ。いっそのこと紀藤を捨てて山村に乗り換えようかと秋山は思った。その時だ。ふいに「この男、見たことがある」と気づいた。どこで？　と考え、記憶を探った。

「なに！　こいつは三上の……」

ようやく思い出した。山村の姿を見たのは、曙建設の本社内だった。山村が三上のいる社長室に入っていったのだ。

明日、総務部長の讃岐に命じて、来訪者リストを届けさせよう。もしも頻繁に三上と山村が会っているとしたら……。これは許せない。

「三上の奴め、俺を馬鹿にしやがって……」

秋山は、顔に泥を塗られたような腹立ちを覚えた。

4

讃岐は、曙建設に人生を託していた。というのも高校を卒業し、建設資材を卸す会社の営業マンをしていた頃に秋山と会い、人生を変えてもらったからだ。真面目に働いていたものの、その資材卸会社の二代目社長は無能で、かつ社員に対して無慈悲だった。社員をまるで召使いのように扱うのだ。

ある日、讃岐は無能社長とともに、当時まだ伸び盛りだった曙建設に営業に出向いた。そこで面会したのが秋山だった。

面会の場で、あろうことか無能社長は自身の学歴を自慢し始め、高卒である部下の讃岐を馬鹿にしたのだ。この男は無能で気が利かず、申し訳ない云々。

顔が破裂しそうなほどの怒りを覚えた讃岐は、無能社長を殴り飛ばして席を立とうかと思った。その時だ。秋山が一喝したのは。

——君、黙りなさい。あなたの会社を使おうかと思ったのは、讃岐くんが営業に来たからです。あなたは帰りなさい。部下を大事にしない社長は、失格です。

秋山に指を差された無能社長は目を丸くして、おろおろした。謝ろうと頭を下げかけたものの、再び秋山に「帰りなさい」と言い放たれ、固まった。

讃岐が席を立とうとすると、思いがけない秋山の一言が飛んできた。

——あなたは、ここに残りなさい。

今度は讃岐が目を丸くする番だった。

無能社長は悄然として、一人で帰っていった。言われるがまま讃岐はその場に残った。何を言われるか分からず当惑して縮こまっていたが、無能社長が退室した途端、秋山は意外にも笑みを浮かべた。

——君、うちの会社に来ないか。あんな社長は駄目だ。君のことを私は非常に高く評価しているんだ。

讃岐は、初めて自分が認められたという喜びを感じた。

——はい、分かりました。

その場で即答した。

今思えば曙建設は、上場に向けてとにかく人材が欲しい時期だったのだろう。曙建設に入社して以来、讃岐は秋山のためなら死んでもいいというほどの忠誠を誓って仕事に励んできた。

ところが、国土交通省から来た三上が社長になってからというもの、讃岐の人生は暗転した。

——いろいろと辛いこともあるだろうが、耐えて仕えてくれ。

三上の社長就任に伴って会長に退いた秋山は、讃岐に言った。相手は官僚なのだ、と。

国土交通省の仕事を多く受注している曙建設にとって、三上は継続的に仕事を受注するための保険のような存在なのである。

讃岐は、秋山の思いを十分に理解した。しかし三上の人を見下す態度に、徐々に耐えられなくなってきたのである。

秋山の指示を受けている以上、耐えねばならない。しかし黙って耐えるばかりではない。三上に何か落ち度がないか調べてやるのだと決意した。もし決定的な落ち度が見つかれば、三上を追い落とすことができるかもしれない。それまでは面従腹背（めんじゅうふくはい）であることを覚悟していた。三上に対して強いストレスを感じていることが原因なのか妻との関係も悪化していた。

ナルシストというわけではないが、讃岐は自分のことをそれほど格好悪い人間だとは思っていない。どちらかというと見栄え（みば）はいい方だろう。しかし、性格が真面目過ぎるというか、どちらかというと陰気（いんき）なのかもしれない。そんなところが妻には不満なのか、新しい男ができたのだろう、最近は夜になっても帰らないことが多い。

冷蔵庫から缶ビールを取り出し、プルタブを引く。炭酸の抜ける音がして、泡が少し噴き出た。慌てて飲み口に唇を当て、同時にリモコンでテレビの電源を入れる。そろそろ衆議院議員選挙の速報が流れる時間だった。

「山村健介　民自党、東京26区　当選確実……」

テレビからアナウンサーの声が聞こえてきた。

「あぁあ……。会長が応援している紀藤先生は落選したのか……。会長は悔しがっているだろうな」

ビールが喉を刺激していく。会長に慰めの言葉をかけなくてはならないと思うと、気が重かった。

「山村健介氏は、前国土交通省地方振興課課長です……」

アナウンサーが山村の経歴を紹介している。

「あっ」讃岐は、思わず声を上げた。「この男は……。えっ！」

讃岐は何度も首を傾げながら、画面に映る山村健介の顔を見つめた。

「この男が山村？」

讃岐は、記憶回路をフル回転させた。この男は、別の名前で頻繁に三上を訪ねてきていた。山村が本名だとすれば偽名を使っていたのだ。どこかで見た顔だと思っていたが、選挙ポスターだったのか。あのポスターは本人の顔とは全く別物の時がある。ポスターでは万人受けするようににこやかだが、讃岐が記憶している男は、こそこそと隠れるような陰気な態度で、印象が薄かった。

「奴は三上の支援を受けていたのか……」

ふいに、亡くなった総務部の部下、稲葉麗子の顔が浮かんだ。なぜだか分からない。そういえば彼女の死に疑いを持った銀行員が訪ねてきたが……。彼女は本当に自殺したのだろうか。まさか殺されたとしたら、いったい誰が？

——そんなことより、山村が偽名で頻繁に三上を訪ねてきていたことを、会長に報告すべきだろうか。これは何かあるぞ。

讃岐は、一気に缶ビールを飲み干した。

5

——この男、当選したのね。

柳原清美は、風呂上がりの身体にバスタオルを巻き、濡れた髪の毛をフェイスタオルで拭いながらテレビを見ていた。

アナウンサーが山村健介の名前を読み上げるのを聞きながら、清美は冷蔵庫から取り出した缶ビールを飲んだ。

「ぐふっ」

げっぷが出る。

——何が山村よ。こそこそと偽名を使って三上社長に会いにきてさ。セコイ野郎だよ。全く。

清美はリビングの椅子に腰かけて足を組み、テーブルに置かれたお握りに手を伸ばした。今夜の夕食は、コンビニで買ったこのお握りとチキンサラダだけだ。清美は手で腹をさすった。三十代も後半になると、なぜだか下腹が気になってくる。まだまだ魅力的な身体だと思うのだが、大した男性は食いついてこない。時々、行きずりで体を任せることがあるが、清美を満足させた者は誰もいない。

いい加減に結婚したいとは清美も思っている。今の一人暮らしに満足しているわけではない。いい男性が言い寄ってくれれば、いつでもオッケーなのだ。相手を選び過ぎるのかもしれない。王子様などいないとは分かっているが、いつか目の前に現われるのではないかと期待している。こういうのをシンデレラ症候群というらしいが、シンデレラだろうが白雪姫だろうが、そんなことはどうでもよかった。いい男性にぐっと抱きしめてもらいたいのだ。

――国民のために真面目に働きますってか？　いいこと言ってるじゃん。でも嘘っぱちね。

清美は缶ビールを飲み干すと、缶を握り潰してゴミ箱に放り投げた。

――三上社長は、こんな子飼いの政治家を作って、どうするのかね。会社を乗っ取るつもりかしら。政治力でね。そうなると面白いわね。私は、三上社長の覚えがいいから。ふふふ。

清美は含み笑いを漏らす。

――この身体が欲しいのかな。この際、三上社長が王子様でもいいか。彼、なかなかダンディだしね。加齢臭をちょっと我慢すればいいかも。ふふふ。それにあの人のやっていることは、私のメリットになっているからね。ひひひ。あら、嫌だ。下品な笑い方をしてしまったわ。

バスタオルのままでは寒い。清美はパジャマに着替えてパソコンの前に座ると、お気に入りの芸人の動画を再生した。

――それにしても、あの銀行員たち……。馬鹿じゃないの？　死んでしまった麗子のことなんか探って何になるのよ。

清美は暗い笑みを浮かべ、二本めの缶ビールのプルタブを思いきり引っ張った。

6

三上は、自宅のリビングで選挙速報を見ていた。妻がつくってくれた酒の摘みを食べながら、日本酒を飲む。銘柄は故郷である佐賀の酒「鍋島」だ。佐賀についてはある芸人歌手が「佐賀には何もない」と歌ったが、実際は何でもある。米は美味いし、水もいい。呼子の烏賊という海の幸もある。唐津は焼き物の故郷である。吉野ヶ里遺跡という古代のロマンまである。何でもあるのだ。特に酒は美味い。

佐賀県人で有名なのは大隈重信や江藤新平だろう。彼らに言えるのは、群れないということだ。一匹狼的な存在である。持ち前の能力でのし上がってきた。薩摩や長州の連中は、群れることで勢力を築いた。明治政府は薩長土肥という言い方をするが、実質は薩長だった。その流れは今の政界、官界にも続いている。表立ってはいないが、地下水脈として……。

三上は自身の来歴を振り返った。自らの持てる能力で国土交通省の局長まで上ったが、やはり群れなかったことが災いしたのか、事務次官を目の前にして追い出されてしまった。

あの悔しさは忘れられない。あまりの悔しさに奥歯を強く嚙み締めたら、そのうちの一本が欠けてしまったほどだ。

三上には野心があった。自分は曙建設などという会社の社長で終わる人間ではないと思っている。会社を利用できるだけ利用して、自分を中心にした政界、官界の人脈を作る。財力を裏付けにして、古巣である国土交通省をも支配するフィクサーとして政官界に君臨するのだ。


「山村健介、当選確実……」

テレビから流れる選挙速報を横目に、三上はほくそ笑んで杯を空けた。

山村の支援者である三上は、本来であれば彼の選挙事務所に駆けつけて壇上に登り、万歳三唱をする立場である。

しかし三上は、敢えて陰に徹していた。保守分裂の稀に見る激しい選挙で山村が当選したということは、同時に、現職議員の紀藤が落選したことを意味するからだ。紀藤は、曙建設の秋山会長が応援している議員候補である。

秋山との間で選挙の話題が出ることは全くなかった。三上が紀藤の対立候補を支援していることなど、秋山はつゆほども気づいていないはずだ。知られて不味いのは当然である。資金援助をしているなどと知れたら、大変なことになる。山村が選挙に出るから応援して欲しいと相談に来た際、これこそ望んでいたことだと、三上は支援を約束した。

山村はかつての三上の部下として、忠誠心に溢れる人材だった。彼を子飼いの国会議員にして、そこから徐々に勢力を広げていけばいいと構想を組み立てた。三上は山村に、野心の一部を打ち明けてある。当然ながら山村は賛意を表明し、当選した暁には三上の手足になると誓ってくれたのである。

ただ、まさか保守分裂選挙になるとは想像していなかった。政界中心部での安永派と岸見派の争いに巻き込まれてしまった形だ。

首相派閥である安永派からは、剛腕幹事長である工藤を通じて、山村にそれ相応の選挙資金が支給されることになっていた。しかし「それだけでは足りない。というより、覚悟を見せろ」と、山村は支援者の都連の大物議員に迫られた。おそらく工藤の指示だろうと思われる。「党に頼るばかりではなく、自分で資金を調達してこい」と言うのだ。

そこで山村は、三上に泣きを入れてきた。乗りかかった船から降りることはできないと山村は言った。三上は資金を提供した。

——私が山村を支援したことは、秋山には絶対知られてはならない。

三上は、鍋島を飲んだ。いつも柔らかい美味しさなのだが、今夜は硬く、やや喉につっかえる気がするのは、秋山のことを考えているからだろうか。

山村を応援する資金は、社長になって以来、作り上げてきたルートから吸い上げたものだ。これも秋山に知られては不味い。

秋山は曙建設のオーナーであり、有り余るほど自由に使える金を持っている。紀藤を支援するくらい、自分の財布からどうにでもなるだろう。

しかし三上は、そうはいかない。そこは国土交通省の官僚としての知恵を働かせたのである。資金ルートは確保した。後は、新人議員である山村を自在に動かすだけだ。今はとりあえず大人しくしているが、いずれ秋山を追い出して、曙建設の乗っ取りも視野に入れようと策を巡らせていた。

「さあ、戦いは始まったぞ」

三上は杯では飽き足らずにワイングラスを持ち出してきて、そこに鍋島をなみなみと注ぎ入れ、ぐいっと飲み干した。酒は喉から胃にゆっくりと落ち、三上の決意を熱く燃やしていった。

7

「おはようございます」

香織は、スマートフォンの画面に映し出された主水に挨拶（あいさつ）した。

「朝早くにすみません。外出の準備中でしたか？」

スピーカーから主水の声が流れてきた。

「大丈夫です。この通り、お目目、ぱっちりです」

香織は、目を思いきり見開いた。

「ははは、生野さんはいつでもフルスタンバイですね。感心です」主水は笑顔を見せた。「さて用件ですが、曙建設の三上社長と会えることになりました」

「えっ、本当ですか？」

「本当です」

「どんな手を使ったのですか？」

香織は興味津々（しんしん）だった。

「何だか悪いことをしたみたいですね。覚えていますか？　冨久原玲（ふくはられい）さんのこと」

　主水が画面越しに香織を見つめる。

「はい、覚えています。金融庁の方ですね。主水さんの恋人だった？」

「それは余計です」主水は苦笑した。「彼女が間に入ってくれました。今、彼女は内閣官房の総務課で仕事をしていますから」

　内閣官房とは、官房長官及び官房副長官の指揮下にあって内閣総理大臣を直接補佐する機関である。行政府の要といってもいい。他の省庁より権限があるともいわれている。

「すごいですね」

　香織の目が輝く。

「ええ、すごいですよ。総理大臣を動かすくらいの力があるんですからね。その冨久原さんに事情を説明したんです。稲葉麗子さんの死が、どうも不可解だってことをね。稲葉さんが曙建設の社員だと知った冨久原さんは、すぐに三上社長と会う約束を取りつけてくれました。あの会社、彼女にも何か気になるところがあるのかもしれませんね」

　主水が小首を傾げた。

「気になるところ？」

香織には見当もつかなかった。

「それは分かりません。でも、とりあえず三上社長と会って稲葉さんのことを聞いてみてはいかがでしょう」

「分かりました。三上社長に会えると知ったら、安井さんが喜ぶと思います」

香織は通話を終えた。

主水が指定した三上との面談は、今日の十一時からである。香織はすぐに安井に電話をかけ、曙建設の入り口前で落ち合う約束をした。

香織は急いで身支度を整え、簡単な朝食を摂ると、アパートを飛び出した。そして足早に駅に向かいながら、三上にどんなことを訊くべきか考えていた。

麗子は、どんな仕事をしていたのか？

仕事振りはどうだったのか？

誰かに恨まれるようなことはあったのか？

他に気になることはないか？

いろいろな質問が頭に浮かぶ。しかし決定的なものはない。どの質問もありきたりで、パンチがないのだ。

「パワハラのことは……」

思わず「パワハラ」の一語を口にしてしまい、香織は眉を顰めた。総務部長の讃岐によれば、麗子は三上によるパワハラに苦しんでいたという。しかし「あなたのパワハラが麗子を死に追いやったのではないですか」などと、本人に直接訊けるだろうか？　そんなことを訊かれて、加害者が素直に認めるとは思えない。

もし仮に三上がパワハラについて認めたとしても、それは麗子の自殺を裏付ける証言になるかもしれないが、麗子が誰かに殺される理由にはならないのだ。

香織は、何かひっかかるものを感じた。喉の奥？　それとも胃の上部？　それは、急いで食べた朝食のパンのせいではなかった。消化できない疑問が、胸のあたりにもやもやと居座っているのだった。

――なぜ、三上社長はパワハラをしたのだろうか。それが事実とした場合？

香織は駅の改札を抜け、電車に乗る。毎日の通勤ルートなので何の問題もなく動けるが、思考は全く別の世界に飛んでいた。

――生来のパワハラ体質だからといって、部下の誰彼なしに理由もなくパワハラを繰り返すものだろうか？

電車内は混んでいた。ウイルスの感染拡大が最盛期の頃には、リモート勤務が大流行して乗客が極端に減ったのだが、最近はまた元通りになってきた。

リモート勤務は、大企業では定着したかもしれないが、国内の多くの中小企業では、まだまだ普及していないのだろう。そもそも香織のように接客を伴う業務の従事者は、リモート勤務ができない。

香織はつり革を見つめた。ウイルスが流行り始めた当初はつり革につかまることにも躊躇していたが、今では平気になった。慣れとは恐ろしいものだ。それでも鞄の中に消毒液を忍ばせておき、電車を降りてから両手に吹きかける習慣だけは抜けない。

――麗子が安井さんに言っていた『相談したいこと』って、いったい何だったのかしら……。讃岐部長は、麗子の結婚に三上社長が嫉妬したと言っていたけれど……。

「まさか……いや、でも……」

内心で疑問を整理していた香織は、気づけばぶつぶつと呟いていた。

ふと周囲を見回すと、近くに立っていた乗客が距離を保つようになっている。いけない。電車の中での独り言は気味が悪いと思われて当然だ。

香織は、隣に立っていた男性サラリーマンの奇異なものを見る視線を感じて口をつぐんだ。

8

主水は、パソコンの画面を見つめていた。

画面には冨久原玲の顔が映っていた。

「いつまで隔離(かくり)されているの？」

玲が訊く。

「あと一週間じゃないかな。定期的に保健所と連絡を取らねばならないから、ズルはできないんだ」

主水は渋面を作った。

「食事はどうしているの？」

「お陰様(かげさま)で、男の独身生活が長いんでね。料理全般はできるんだよ。それに区役所からインスタント食材が送られてきているから、まあ、大丈夫じゃないかな」

「何か作って差し入れようか？」

玲が微笑(びしょう)した。

「おお、それはいいね。できればローストビーフにワインなんて組み合わせが最高だね」

　主水の表情が緩んだ。

「それじゃあ、差し入れるわ。お部屋のドアに括りつけておくから。おうちは変わっていないんでしょう？」

「変わっていないさ。相変わらずあのマンションにいる」

　主水の表情に、わずかに寂しさが宿った。主水の住むマンションは、かつてほんの一時期だが、玲と同棲していた場所だからだ。

「じゃあ、楽しみにね」

　玲の表情に翳りはない。玲にとって主水と暮らした日々は、記憶の彼方に過ぎ去っているのだろう。

「ところで曙建設について、何か情報はないのか？」

「曙建設ねぇ……」玲は、ふと意味ありげな呟きを漏らした。「気になる？」

「ああ、大いにね」

「曙建設は、現会長の秋山慎太郎が一代で築き上げた建設会社なの。秋山はなかなかの剛腕で、旧建設省、今の国土交通省に食い込んで官庁工事を受注し、成長した。その構図は今も変わっていない」

「政商っぽいね」

「まあ、そうとも言えるわね」

「それで社長として国土交通省の局長だった三上隆志を受け入れた。実際は押しつけられたってとこね」

「三上の評判は？」

「先を急がせないで。三上は次官候補だったのよ。だけどパワハラを告発されて、省を追い出されたわけ。それは怨念になっていると思う」

「うちの銀行の生野さんが曙建設に行って三上のパワハラ疑惑を聞き出してきたけど、本当なんだな」

「生野さん？　主水のお気に入りの、あの可愛い人ね」

玲が薄く笑った。

「あっ、なにか誤解してないか。こんなおじさんに誰も興味を持たないさ」

主水は動揺した。

「そんなにむきにならなくてもいいわよ」玲が笑った。「話を戻すわよ。そんなわけで三上は曙建設を基盤にして国交省を牛耳ろうと考えている節があるのね」

「国交省を牛耳るって？」

主水は聞き返した。

「役人ってね。なかなか自立できない存在なのよ。国という潰れそうもないところからお給料をもらって、偉そうなことを言い、他人からも尊重されて暮らしているでしょう。そんな体質だから、ＯＢになったり、省内で不遇になったりすると途端に何かに頼りたくなるのよ。それで三上に頼るわけ。三上はＯＢに仕事を斡旋(あっせん)したり、不遇な現役に食事をご馳走(ちそう)したり、何かと面倒を見ているらしいのね。局長時代はパワハラで強面(こわもて)だったけど、見かけはダンディで温厚だから、人を惹(ひ)きつけているみたいね」

「秋山会長は、そんな三上をどう思っているのかな」

「面白くないと思っているでしょうね。社長業より自分の勢力拡大に熱心なのだから。でも国交省から押しつけられた社長だから追い出すわけにはいかない……」

「社内が割れているんだね」

「きっとそうでしょうね。それに拍車(はくしゃ)をかけたのが、今回の衆議院選挙なの」

「衆議院選挙？」

意外な単語が玲の口から飛び出してきたので、主水は首を傾げた。

「ここからは私の立場もあるから、気をつけて聞いてね。私は内閣官房で、安永龍太郎首相を支える立場にあるのね」

　玲の表情が硬くなった。

「ああ、承知している」

　主水の表情も険しくなった。

「今、安永首相率いる安永派と、元外務大臣岸見政文率いる岸見派は勢力争いの真っ最中。安永派は民自党を安永派一色に染めたいと思っている。一方でそうはさせじと岸見派は対抗している。もともと右寄りでパフォーマンス過剰な安永と、リベラルで地味な岸見とでは水と油だったのね。その対立が今回の選挙で火を噴いた。それが東京26区なの」

「保守分裂で有名になった選挙区だね」

「その通り。分裂を仕掛けたのは安永派。国交省の課長だった山村健介を無理やりそこに送り込んだ。でもそこには岸見派の紀藤康夫が現職で出馬していた。岸見派にしてみれば、何てことをするんだって怒るよね」

「派閥潰しの戦争を仕掛けられたと思うね。僕だったら」

「だけど総裁派閥は強い。工藤幹夫幹事長と我が上司、官房長官の鬼塚一郎が手を結んで、山村を支援したの。金を注ぎ込んでね」

「安永首相を支える工藤と鬼塚が組んだのか……」

「結果は、ご存じの通り山村の勝利。今、民自党内では大変な騒ぎなのよ。岸見派は潰されるという噂が流れて……。岸見派や無派閥の中には、安永派に入りたいという議員も現われる始末」

「長いものには巻かれろってことか」

「そういうことね。国家のことより自分のことの方が大事なのね」

「それで曙建設との関わりって？」

「まあ、聞いて。ここからが肝心だから。山村を陰で支援したのが、どうも三上社長らしい。三上は国交省時代、一時期山村の上司だったのよ。一方で、秋山会長が紀藤を支援していたことは分かっている。社内で会長と社長とが、岸見派と安永派に分かれてしまったようなの。三上社長が山村を支援したことについて、まだはっきりとした証拠はない。だけど今回の分裂選挙で大量の金がばら撒かれたことは間違いない。その金がどこから出たのか？」

「玲のところ？　官房機密費とか」

主水が揶揄した。

「それは分からない。あるともないとも言えない。ともあれ民自党の選挙を仕切っている工藤が、山村に金を出した……安永首相の指示でね。ただ、その他にも山村は自前で金を調達しなければならない……」

「山村が頼る先は、三上社長？」

主水は、確認するように玲を見つめた。

「そういうことになるでしょうね」

玲は頷いた。

「でも秋山会長の目があるから、三上社長はどうやって山村を支援できたのかな。金を無心されてもね、ない袖は振れない」

主水は眉根を寄せた。

「袖にお金を隠していたら？」

玲が思わせぶりに言った。

「裏金？」

主水は目を瞠った。

「三上が山村を支援していたとしたら、そういうことになるわね。オーナーの秋山なら個人の金はいくらでもあるでしょうが……。官僚出身の三上に金があるとは思えないから」

「これは大変な事態になるな」

「岸見派は、何が何でも安永派の横暴を許さないと怒っているから、工藤幹事長や鬼塚官房長官を攻撃してくるわけ。その余波は曙建設にも波及すると思う」

「捜査の手は入るのかな」

「それはまだ分からないけど、可能性は十分ね。その金がどこに使われたか。もし大々的な票の買収が行なわれたのだとしたら、大きな事件になる……」

「選挙に不正な金が使われたのか……」

「もし官邸で動きがあれば、主水に情報を流すから。このことが、曙建設の稲葉麗子さんの死と関係しているかどうかは分からないけどね」

「ありがとう。これからもよろしくね。あっ、それからローストビーフとワイン、忘れないでよ」

主水は軽く手を振った。玲がパソコン画面から消えた。

「大変なことになってきたな」

主水は呟き、香織のことを思った。

予測できない事態に巻き込まれなければいいのだが……。

主水の心に暗い影が、水面に落ちた墨のように広がっていった。

第二章　パワハラ

1

生野香織は、女性秘書が出してくれた茶を飲む気にもなれないほど緊張していた。隣に座る安井壮太も同じ思いのようで、表情が硬(かた)い。

やたらと身体(からだ)が深く沈み込む革張りのソファに居心地(いごこち)の悪さを覚えながら、香織は小声で訊(き)いた。

「質問、考えてきましたか?」

「いろいろね」安井が困ったような顔で答えた。「だけど、何を訊いていいか分からないのが本音だね」

「パワハラのことは訊きます?」

「それを訊かないと、何をしにきたのか分からないよ」

「でも難しい。あなたパワハラしましたかって、ストレートに訊くわけにもいかないし」

香織が困惑して眉根を寄せた時、応接室のドアが開いた。香織と安井は慌てて話を止め、ソファから腰を上げた。

「お越しいただきありがとうございます」

にこやかに右手を挙げて入ってきたのは、曙建設の三上社長である。香織は、ネットで調べた三上の顔を記憶していた。なかなか素敵でダンディな印象の男だ。一方その傍らには、なんとも暗い表情の讃岐総務部長がいた。

「お忙しいところ、申し訳ございません」

安井が口を開き、頭を下げた。香織もそれに倣って頭を下げた。

「社長の三上です」三上は言い、ひょいと右手を讃岐に差し出した。「名刺」言われた讃岐は、すぐさま持っていたケースから二枚の名刺を取り出すと、三上の手に載せた。

香織は目を瞠って、その様子を見ていた。三上の動作は、まるで王侯貴族のようだったのだ。名刺くらい自分で取り出すのが普通だと思っていた……。

名刺を手渡す讃岐の視線が香織を捉えた。意志を感じない視線だったが、敢えてそれを押し殺しているようにも見えた。

香織と安井も名刺を出した。二人は三上に促されてソファに座った。

三上の横に一つ離れて讃岐が座った。

三上は座るなり、足を組んだ。スタイルのいい足が、香織の前で組まれた。名刺を讃岐から受け取る動作といい、香織たちの前で足を組む動作といい、香織には三上の傲慢な性格が表われているような気がした。彼の態度には謙虚さがない。

「お二人は、大した人脈をお持ちですね」

三上は香織たちを見て、薄く笑った。

香織は特に反応しなかったが、安井が不思議そうな顔を香織に向けた。今回、三上社長との面談に漕ぎつけられたのは頼れる庶務行員多加賀主水の人脈のお陰だったのだが、そのことは安井に説明していなかった。安井はとにかく稲葉麗子の死の真相を探りたい一心のようで、香織がどういうルートでアポを取ったのか詮索することもなく、単純に三上社長に面談できると聞いて喜んだだけだった。

「はい。どうしてもお会いしたかったものですから」

香織は曖昧に答えた。

「それにしても内閣官房から、あなた方に会うようにとの指示――というと大げさですが、アドバイスがあるとは思いませんでした」

「内閣官房？」

　安井が驚いた顔で三上と香織を交互に見た。

「ええ、まあ、そこはよく存じませんが、どうしても稲葉さんの死についてお話を伺いたかったものですから」

　香織はわずかに苦しげな表情を覗かせつつ、再び曖昧に答えた。横目で盗み見ると、安井の表情がますます険しくなっている。こんなことなら、あらかじめ安井にも主水の使った人脈について説明をしておくべきだったと後悔した。

「それで、あなた方がお聞きになりたいことは何でしょうか？　分かることなら何でも正直に答えますよ」

　三上は冷静さを装うような笑みを湛え、足を組み直した。

「それでは……」

　香織が用意した質問を口にしようとした、その時だった。

「三上社長」安井が身を乗り出した。その顔は緊張で引き攣り、口元は興奮で震えている。いつの間にか安井の表情から、弱気が消えていた。内閣官房と聞いて、何か大きな権力が自分の味方であると思ったのかもしれない。「あなたは麗子をパワハラで追い詰めたのですか」

「ちょっと、安井さん」

香織は慌てた。

安井は右手で香織を制した。香織は苦渋の表情を浮かべた。

この面談、これで終わりかもしれない……と香織は思った。

「君はいったい何を言っているんだね」

三上が明らかに不快そうに吐き捨て、再び足を組み直した。

「パワハラですよ。パワハラ」

安井の興奮は収まらない。このまま行くところまで行こうという勢いだ。

「だから何がパワハラなんだね」

「稲葉麗子──彼女は私の婚約者なんです。彼女が死んだんです。自殺なんかじゃありません。だってもうすぐ結婚式だったんです。なのに自殺しますか！　麗子は殺されたんですよ」

「君、ちょっと待ちたまえ」三上は慌てて足を元に戻し、眉間に皺を寄せた。安井のあまりの勢いに押されたのだ。「何を言っているのか私には全く理解できない。帰れと言いたいが、紹介者のこともあるからね。もう少し冷静になりたまえ」

「冷静です。極めて冷静です」

安井の鼻息は、なおも荒い。

「安井さん、ちょっと待って」今度は香織が左手を挙げて安井を制した。「私が話します」

「そうしてくれたまえ」

三上は救いを求めるように香織を見つめた。

「私たちは、稲葉さんの死の真相を知りたくてお訪ねしました」

香織の冷静な話しぶりに、三上が頷いた。

「稲葉さんは自殺ということにされていますが、納得がいかないんです。ここにいる安井さんとの結婚式を間近に控え、幸せの絶頂にいるはずの稲葉さんが自殺を選択する理由が分かりません」

「人は複雑だからね」

三上が呟いた。

「何ですって！」

安井が険しい表情で食ってかかった。

香織は腕を伸ばし、安井の動きを止めた。

「君たちは、稲葉さんが誰かに殺されたと疑っているのかね」

三上は、困惑した顔を香織に向けた。

「はい」

安井が勢いよく答えた。

「それはおかしいね」

三上は口角を引き上げた。困惑とも皮肉とも取れる表情だった。

「何がおかしいのですか？」

香織が訊いた。

「もし、だけどね」三上は両手を広げて、安井の前に差し出した。興奮するなと動作で示しているのだろう。「彼が言うように稲葉さんが私のパワハラで追い詰められたのだとしたら、それは自殺じゃないのかな」

「やっぱり、あなたは麗子をパワハラで追い詰め、殺したんですね」

安井が突然、立ち上がった。

「待ちたまえ。あまり脅迫的に振る舞うと、やはりここから出ていけと言わせてもらうよ」

三上は安井を睨んだ。

「安井さん、落ち着いて、落ち着いて」

香織は、安井のスーツの裾を引いて、ソファに座らせた。

「失礼しました」

安井は三上に謝罪し、ソファに腰を下ろした。

「まず言っておきたいが、私はパワハラなどしていません。ねえ、讃岐君」

三上は讃岐に同意を求めた。

「はい」

讃岐は、何事もなかったかのように無表情で頷いた。

「えっ！」

安井が驚きの声を上げた。

「安井さん！」

香織は再び安井のスーツの裾を強く引いた。

「なぜ驚いているのか分からないがね。私は断じてパワハラなどしていない」三上は自信満々で言い切った。「稲葉さんには、私の秘書的な仕事をしてもらっていた。わが社の総務部は、秘書的な業務も兼ねているのだよ。ところが最近、彼女には間違いが多くてね。来客の名前を間違えたり、会食の予定時刻を間違えたり……。それで何度か叱ったことはあったかもしれない。が、それは指導だよ」

「指導という名のパワハラではないのですか」

　安井が食い下がった。

「話にならないね。君は少し黙っていてくれないか」三上が怒りを露わにした。

「君は、まるで私が稲葉さんを死に追いやったかのように決めつけているが、そんな情報、どこから聞いたのかね」

「どこからって……。あなたがパワハラの常習犯だっていうのは有名です」

　安井が開き直ったように言った。

「ははは」三上が笑った。「私がパワハラで有名だって？　私が事務次官になれずに国交省を出されたのはパワハラが原因だっていう噂でも聞いたのかね。下らない噂だ」

「えっ、そうなのですか？」

　安井と香織が同時に声を発した。国交省時代の噂は二人とも初耳だったのだ。

「そんな噂があってね。私は大いに迷惑をしたんだ。でもそれは事実じゃない。私は、確かに厳しいところはあるが、それはあくまで指導だよ。指導……」

「指導の行き過ぎがパワハラにはなりませんか？」

香織が丁寧に訊いた。

「まあ、相手がパワハラだと受け止めれば、そんなこともあるかもしれない。でもね……稲葉さんに関しては、彼女の間違いで迷惑したのは私だからね。担当替えをしようとしていた矢先だった。結婚が近くて、私のことに気が回らなかったのかもしれないね」三上はそこで不謹慎にも薄笑いを浮かべた。「ねえ、讃岐君」

「はい、まあ。そうです」

讃岐はあまり気のない返事をした。

すると三上は急に険悪な表情になった。

讃岐の返事が不愉快だったのだろうか。

「まさか君じゃないだろうね。私がパワハラの加害者だという噂を流しているのは」

香織たちの目の前で堂々と、三上は讃岐に詰め寄った。

「そんなことはありません」

先ほどまでの平然とした態度を一変させ、讃岐は慌てて否定した。

「だいたいこの会社はね。秋山会長に気に入られた者しか出世しないんだよ。本当に秋山商店みたいなものだ。ああ！」三上は大きくため息をつき、立ち上がった。「不愉快になった。私は失礼するよ。こんな無意味な時間を過ごしていていいほど暇じゃないんだ。讃岐くん、後は君に任せる」

「あ、あのぅ……」

香織は、三上のあまりの態度の急変に言葉を失った。

安井も驚き、どうしたらいいかと視線で香織に問いかけてくる。

立ち上がった三上は香織と安井を見下ろし、強い口調で言い放った。

「君たちに言っておくがね。稲葉さんの死に私は一切、責任はない。断じてない」

そしてそのままくるりと踵を返すと、応接室から出ていってしまった。

香織は呆気に取られて、三上の後ろ姿を見つめることしかできなかった。取り残された讃岐は、深く項垂れていた。

先日会った時には気づかなかったが、その頭頂部が少し薄くなっているように見えた。きっと想像を絶するようなストレスがあるのだろう。

2

「讃岐さんに悪いことをしたかなぁ」

コーヒーをひと口啜ってから、安井が呟いた。

曙建設近くのスターバックスは昼時とあって混んでいた。

「安井さん、いきなりパワハラの件を持ち出すんだもの。驚いたじゃないですか」

香織が唇を尖らせた。

「結局、話題はそこに行くんだから、回りくどいことは止めだと思って……」

「確かにそうかもしれないけど、三上社長、めっちゃ顔を引き攣らせてたし、お前が噂を流したんじゃないかって讃岐さんにまで矛先が向いちゃったし」

「讃岐さん、疑われていたね」

「ええ……。立場、悪くならないですかね」

「でもお陰で、国交省を馘になった原因もパワハラにあることが分かった。本人は否定していたけど、あの態度を見ると、パワハラ体質に間違いないね」

「そう思います。何せ、あの興奮した態度ですものね」その点は香織も同感だった。「あの会社、社長と会長の仲が悪いようですね。秋山商店みたいなものだとか言っていました」

「あれには驚いたね。創業者の秋山慎太郎は立志伝中の人物だから、三上社長のような官僚が嫌いなのかもしれない。でも……」安井の表情は、沈んだままだった。「麗子の死の真相に迫れるようなヒントは、何も得られなかった……」

「ちょっと気になることはありましたよ」

「え？　何が気になったのさ」

安井が身を乗り出した。

「最近、麗子にミスが多かったって話をしていたでしょう？　来客の名前を間違えたり、会食の時刻を間違えたり」

「そう言っていたね。そのミスを叱ったのが、受け止められ方次第ではパワハラになったかもしれないって。三上社長は指導と言っていたけど」

「誰にでもミスはあるけど、麗子って、そんなに頻繁(ひんぱん)にミスをする人だったかなあって思ったのです。そんな人じゃなかったでしょう？」

「僕もそう思う。真面目(まじめ)で慎重な人だったから。僕の間違いを指摘することはあっても、彼女は間違わなかった」

安井が確信を持って言った。

「どうしてミスが多くなったのかしら。三上社長から叱責されるくらいに……」

香織は納得いかないという表情で、安井に視線を向けた。

「結婚式を控えてストレスがあったのかなぁ……」

安井が悲しげな声を絞り出した。

「そうかもしれないけど、そうでもないかもしれない」

「どういう意味？」

「分からない。でも何か気になるのです」

香織は首を横に振った。

「どうしてだろうね。ミスをしたのか、誰かにミスをするように仕向けられたのか？　意地悪されたとか……」

安井の呟きを聞いて、香織はポンと手を叩いた。

「それですよ。それ！」

「それって何さ」

「意地悪ですよ。意地悪」

「ミスをしない麗子がミスをしたのは、意地悪されたからじゃないですか？」

「意地悪？」

「誰に意地悪されるっていうのさ。彼女は、恨みを買うような人じゃない」

安井が不満そうな顔をした。

「でも、普段ミスしない人がミスを繰り返して三上社長に叱られてばかりいたっておかしいでしょう？　安井さんも、麗子はミスを連発する人じゃないって言ったじゃないですか」

「でも、僕としたら、彼女は意地悪されるような人ではないと思うからさ。誰かに意地悪されていたっていうこと自体に納得がいかないんだ」

「じゃあ、意地悪じゃないのかなぁ……」香織は眉根を寄せ、何度も首を傾げた。「今日の面談で、少なくとも三上社長がパワハラ体質であるということは分かった気がします。讃岐部長が告発していたように、ね。三上社長自身は指導だと称していたけど、麗子のミスを叱ったことはあると認めた。どうやら最近の麗子にはミスが多かったらしい。でもなぜ、そんなにたくさんミスをしたのか？　そもそもミスが少ないから三上社長の秘書的な業務についていたんじゃないの？　と思うんですよね」

「ねえ、生野さん」安井が店の隅の方を警戒しながら指さした。「あの人……柳原さんじゃないかな」

「えっ」

香織が安井の指す方向に目を遣った。そこには安井が言う通り柳原清美が座っていた。スマホをじっと見つめている。

「仕事、サボっているのかな？」

安井が呟くのと同時に、香織が立ち上がった。

「どうしたの？」

安井が香織を見上げて訊いた。

「柳原さんにもう一度、麗子のことを聞いてみましょう」

香織は言うや否や、清美に向かって歩き出した。

3

讃岐は憂鬱な思いを抱き、会長室の前に立っていた。

……第七明和銀行の二人が、まさか三上に会いにくるとは思わなかった。尊大な三上が、幹部でもない若い銀行員との面談を了承するなんて考えられない。彼らはいったいどんなルートを使って、三上との面談に漕ぎつけたのだろうか。

三上は「内閣官房」などと口にしていたが、意味不明である。どんなメリットがあって、政府中枢(ちゅうすう)の行政機関が、三上と若手銀行員の面談などセッティングするのだろうか。

それはともかく、あの銀行員らに三上のパワハラについて話したのは非常に不味(まず)かった。

まさか安井が、いきなり正面切って三上のパワハラを糾弾(きゅうだん)するとは。驚き過ぎて、思わずその場に倒れてしまいそうなほどだった。案の定、三上に告げ口を疑われてしまったではないか。

安井と生野に三上のパワハラの実態について吹き込んでおいたのは、彼らに全く何の情報も与えないのは気の毒だと思ったからだ。その親切が仇(あだ)になった、とでもいえばいいのだろうか。

純粋に稲葉麗子の死の真相を知りたいと願う彼らに同情した部分がないわけではない。しかし自分としては、何かのきっかけで三上が社長の座から追われてしまえばいいという邪念(じゃねん)から、告げ口をした側面もある。

とはいえ案外、あの若者二人には力があるのかもしれない。彼らの前で三上は急に怒り出し、暴言を吐いて、席を立ってしまった。完全に落ち着きを失った態度には驚いてしまった。

自分のことをダンディだと思い、冷静さを身上にしている三上にはあり得ない態度だった。いったいどうしたのだろうか。

二人の登場が、三上の怒りに火を点けたのか。否、怒りではなく、怯え？

怯えだとするなら、何に怯えたのか？

二人が内閣官房の紹介で面談に来たから、だろうか？

讃岐の頭の中で様々な思いが堂々巡りし始めたが、ひと呼吸置いてから会長室のドアをノックする。

「讃岐です」

「おお、待っていたぞ。入れ。ドアはしっかり閉めろ」

秋山の野太い声が聞こえた。

社長を退いて以来、よほど三上と反りが合わないのかあまり機嫌の良くない秋山だったが、今日は最近にしては珍しく声が弾んでいる。

「失礼します」

　讃岐は内心の憂鬱を押し殺したまま入室し、ドアを閉めた。執務机から離れた秋山が、応接ソファに腰を下ろす。右手にはタブレットを持っていた。

「座れ、話がある」

　讃岐は、秋山に命じられるままにソファに座った。

「何でしょうか？」

「お前、この男を知っているか？」

　タブレットに大写しになっているのは、三上のところに頻繁に来ていた男の顔だった。山村健介。今回の衆議院議員選挙で当選を果たしたとニュースで見た。

　タブレットから目を離して顔を上げた讃岐は、秋山の射貫くような鋭い視線に、思わず顔を背けたくなった。その眼光からは「知らないとは言わせない」という強い意志が迫ってくる。

「知っているか？」

　秋山が再度、訊いた。

　讃岐は頷いた。

　テレビで選挙速報を見た際、この男が偽名を使って頻繁に三上に会いにきていたことに気づいた。このことを秋山に伝えるべきか否か悩んでいたが、今がそのタイミングだろう。

「存じております」

讃岐ははっきりと答えた。

「そうか……」秋山は、ソファの背もたれに身体を預けた。「この男、山村健介だ。この間の選挙で当選しやがった。私が応援している現職の紀藤康夫を落としたんだ」

「保守分裂選挙でした」

「この分裂選挙を仕掛けたのは、情報では、首相の安永龍太郎らしい。元外務大臣の岸見政文との代理戦争だったんだな。安永は岸見の勢力を削ぐためにやったんだ。それで見事に山村が当選したってわけだ。山村は安永派に入るらしい」

「紀藤先生、さぞお悔しいでしょう」

「そりゃそうさ。悔しいってもんじゃない。あまりの悔しさで一番大事にしていた古伊万里の壺を拳で割ってしまったそうだ」

「それは、それは……」

讃岐は、壺の破片の傍で呆然と佇む紀藤の歪んだ顔を思い浮かべて、眉根を寄せた。

「今日、お前を呼んだのは他でもない。私は、この山村という男を見たことがあるんだ。どこで見たと思う？」

秋山はにんまりとした。まるで悪戯（いたずら）を思いついた子どものような顔だ。

讃岐は、秋山が言わんとするところを察していた。長いつき合いである。

しかし、ここで先走ってはならない。何もかもお見通しなどという態度を露わにすれば、たちまち秋山の機嫌は悪くなる。

「どこで、ですか？」

「教えてやろう」秋山は、ひと差し指で鼻の下をこすった。得意になっている時の秋山の癖（くせ）だ。「うちの会社だ」

「やはり……」

讃岐が顔を険しくして頷くと、秋山は不満そうな顔をした。

「あまり驚かんな？」

「はい、申し訳ありません」

讃岐は謝った。露骨に驚いてみせた後で「実は自分も社内で見たことが……」と打ち明けるのはどうかと思ったのだ。安易（あんい）な嘘（うそ）はすぐに見抜かれ、信用を失うきっかけになる。

「実は、私もテレビで開票速報を見ている時、この男をどこかで見たことがあると気づいたのです。社内で見た……それも……」

讃岐は秋山の顔色を窺いながら言った。

「三上のところに来ていたのだろう。そうに決まっている」

秋山は吐き捨てるように言葉を被せた。

「……その通りです。それで、ちょっと興味深いことがあります」

讃岐は一段と声を潜め、身を乗り出した。

「何だ？　教えろ」

秋山も讃岐に顔を寄せる。

「この男、偽名を使って頻繁に三上社長に会いにきていたのです。村山市之介という名前が、来客者名簿に記入されています」

「調べたのか？」

「はい。テレビで見た人物と社内でよく見かけた人物が同じかどうか、気になりまして……」讃岐は神妙に頷いた。「来客者名簿を見てみますと、やはり山村健介の名前はどこにもありませんでした。その代わり、村山市之介なる人物が三上社長を割と頻繁に訪ねてきている。村山という男は得意先におらず、私が把握していないのはこの人物しかいないため、山村が偽名を名乗っていたのだろうと気づいた次第です」

「うーん」

秋山は腕を組み、眉間の皺を深くした。讃岐の指摘に、秋山は驚いたようだ。

「なぜ、偽名を使ったのか？」

「身元を知られたくなかったのでしょう」

「まあ、そういうことだろうな。三上と関係があるということを知られたくなかったのだろう」

「はい。そうだと思います」

「山村は国交省出身で、三上の後輩だった。郷里も佐賀で同じらしい。非常に親しい関係なのだろう。そんな人間が、どんな理由で偽名を使ってまで頻繁に三上を訪ねるのか……」秋山の表情が徐々に険しくなった。「選挙の支援依頼に違いない」

「そういうことだったのですね」

讃岐も薄々気づいていたが、ここは秋山を立てることにした。

「そうに違いない。三上は山村を支援して、私の子飼いの紀藤を落とそうと画策（かくさく）

した、いや、落としたのだ。あの野郎、どこまで腐っているんだ。あんな奴を社長にしてしまった自分が情けない。悔しいぞ。なあ、讃岐」

秋山は、感情を露わに激しい口調で言った。

腹心である讃岐の前だからこそだ。

「はい」讃岐は、自分が思っている以上に明瞭に返事をした。讃岐は三上にも仕える立場であり、今まで三上に対する反感を抑えてきたのだが、その抑えが利かなくなってきたのかもしれない。「私も、あの方は社長に相応しいとは思いません。いくら国交省の幹部だったとはいえ、曙建設の社長としては失格だと思います」

讃岐は身体を震わせていた。勢いで発言したことへの後悔や恐怖といった複雑な感情に、身体が反応してしまったのだ。

「そうか……」秋山は、天井を睨んで呟いた。「お前も辛い思いをしているのか。悪いことをした。私が安易に天下りを受け入れたばっかりになぁ。他の社員にも、苦労している者は多いのか？」

秋山は感情を抑えながら、穏やかに話す。カリスマ的な事業家であり、厳しさと優しさの兼ね合いが巧みなのである。その巧みさに讃岐の感情は激しく揺さぶられ、思わず目に涙を滲ませた。

「何か胸につかえていることがあるなら、話してもいいぞ」

秋山の声が讃岐の感情をさらに揺さぶる。

「実は」讃岐は、秋山を見つめた。「若い女子社員が亡くなったのですが……」

「おお、知っている。君の部下だった女子社員ではないか。彼女がどうかしたのか？」

「優秀でした。彼女は、三上社長のパワハラに苦しんで死んだのだと思っています」

「自殺だと聞いていたが、三上のパワハラか……。それは大問題ではないか。会社としてコンプライアンスの徹底に取り組まねばならない。早速、調査しようではないか」

秋山は、我が意を得たりという顔になった。

「お待ちください」

讃岐は秋山を制した。

「何を躊躇するんだ」秋山は不満そうな顔をした。「パワハラはれっきとしたコンプライアンス違反じゃないか。これで三上を追い詰めて退任させればいい。パワハラが理由なら国交省も文句はあるまい」

「実は、彼女の婚約者で結婚式を間近に控えていた銀行員が、彼女は殺されたと主張して、二度ほど来社しております」

「殺された？　いったいどういうことだ」

秋山は好奇心を刺激されたのか、さらに身を乗り出してきた。

「亡くなったのは総務部の稲葉麗子で、婚約者は安井壮太さん。彼は第七明和銀行の若手行員であります。安井さんによれば、稲葉さんは喜びの絶頂にあり、自殺する理由などなく、殺されたに違いないというのです」

「確かに幸せの絶頂で自殺はしないだろうな。それにしても殺人とは穏やかではない」

秋山は眉根を寄せた。

「はい、私もその通りだと思っております。が、そう主張する安井さんが本日、何と三上社長と面談したのです」

讃岐は再び秋山の顔色を窺った。

「何だと！」

秋山は讃岐の予想通り、驚きの声を上げた。

「驚くのはそれだけではありません。一介の若手銀行員が、如何にして三上との面談のアポを取りつけたのか？」

讃岐は思わせぶりな口調になった。

「君がセッティングしたんではないのかね」

秋山がわずかに首を傾げた。

「セッティングなどしておりません。彼は独自のルートを使って面談にこぎつけたのです」

「銀行の頭取でも使ったか？」

「いいえ」

讃岐は首を横に振った。

「どのようなルートなんだ」

秋山の表情にわずかに険が表われた。これ以上焦らすなということだろう。

「実は……」

「実は？　言え、早く言え」

秋山は苛立った。

「内閣官房です」

讃岐の言葉に秋山は目を瞠り、「うっ」と呻いた。

4

「また来たの？」

柳原清美は、近づいてきた香織と安井を見上げた。

「はい。ここ、座ってもいいですか？」

香織が問うと、清美は「どうぞ」とタンブラーを口に運びながら言った。

香織と安井は、清美の前に座った。

「三上社長と会ってきたんでしょう？　何か成果はあったの？」

事もなげに言って、清美はタンブラーをテーブルに置いた。

「ご存じだったのですか？」

香織は驚いた。すると清美は口角をわずかに引き上げ、微笑んだ。

「私は、何でも知っているわよ。曙建設社内のことならね」

「本当に何でも知っているのですか？」

安井が興奮気味に言った。

「ええ。何でもいいから、何か訊いて？」

清美は、まるで安井を弄ぶような態度で手を差し出した。

「生野さん、あのこと、訊いていいかな」

安井が香織に同意を求めた。香織は安井の意味するところが分かっていたので

「ええ」と頷いた。

「あのぅ、三上社長は、麗子に対するパワハラを否定したんです」

「そりゃそうね。自分でパワハラって認める人はいないでしょうよ。指導とか何とか言ってね」

「まさにその通りです」安井は大きく頷いた。「指導だったとおっしゃいました。では、何を指導したか？　実は麗子には、ミスが多かったというんです。客の名前を間違えたり、会食の時刻を間違えたり……僕にはそれが信じられない。麗子は慎重なタイプです。そうそう何度もミスはしないと思うのですが、本当はどうだったんでしょうか？」

「ミスねぇ……」

清美は思わせぶりに呟いた。そしてしばらく口を閉ざし、考えをまとめるかのように首を傾げ、目を閉じた。

「最近よね。ミスが目立ったのは」

清美が口を開いた。安井は表情を曇（くも）らせた。

「ミスが目立ったのは事実なのですか？」

安井は訊いた。

「そうね。事実ね」

清美は感情を交えずに言った。

「最近ということは、以前はそんなことはなかったのですか？」

香織が訊くと、清美は考えるような表情をして「以前はそんなになかったかなあ」と答えた。

「どうして最近、ミスが目立つようになったとお考えですか？」

「さあね、疲れたのかな？　結婚とか控えていてね」

「そんなことはないと思います」安井が口を挟（はさ）んだ。「彼女は、重要なことが控えていたら、より慎重に仕事をするタイプです」

「なぜミスをしたかなんて知らないわよ。ミスをしたのは事実なんだから」

清美が不愉快そうに顔をしかめた。曙建設の社内事情について知らないことはないと言っていた清美だが、今は「知らない」と口にしてしまっている。

「こんな想像をしたのですが……」

香織が切り出した。

「どんな想像？」

「誰かにミスするように仕向けられたのではないかということです」

「それって、稲葉さんがミスをするように、例えば三上社長の嘘のスケジュールを教えていたとか？」

「そうです。私たちの勤務する銀行にも、いじめがないわけじゃありません。例えば、お客様が呼んでいると言われて、その人がお客様のところに行くと、何しに来たの？　と言われたりするようです。同じように、誰かが稲葉さんのミスを誘発させたのではないでしょうか？」

「誰が、どうしてそんなことをするの？」

清美は不愉快そうな表情になった。

「さあ、はっきりとは分かりません。例えば、結婚式を控えて喜びの絶頂にある稲葉さんへの嫉妬とか？」

香織に見つめられた清美は、微妙に視線をずらした。

「それって、まるで私を疑っているみたいじゃないのさ。オールドミスの私が稲葉さんの幸せに嫉妬したみたいに聞こえるじゃない？」

「すみません。そんな意味で言ったんじゃありません」

香織は慌てて否定した。

「ならいいけど。いじめねぇ。誰が稲葉さんをいじめるの？　それはないと思うけどね。最近よくミスしていたことは事実。それだけ。理由は分からない……」

清美は再び考えるような顔つきになり、話題を変えた。

「そういえば私、以前お会いした時、言ったよね。稲葉さんがセクハラに悩んでいたって」

「はい」

香織と安井は同時に返事をした。

「セクハラをしていたのは、讃岐部長よ。讃岐部長は稲葉さんのこと、お気に入りだったから。結婚が決まって、結構ショックみたいだったわね。もし故意に稲葉さんにミスを誘発させたというなら、犯人は讃岐部長かもね。直属の上司だけど、あまり良くない人よ。三上社長のことを悪く言っているでしょう？　大方、パワハラの情報も讃岐部長から聞いたんじゃないの？」

清美は探るような目つきで香織を見つめた。

「まあ、ええと……」

　香織は曖昧に濁した。

「答えなくてもいいわよ。分かっているから。あの人は三上社長派じゃなくて、秋山会長派だから。三上社長のことをよく思っていないの」

　清美はさらりと言った。

「社内に派閥があるんですか？」

　安井が訊いた。

「あるわよ。創業者の秋山会長は、国交省から天下りしてきた三上社長のことを、全く気に入っていないの。追い出したいと思っているんじゃない」

「そうなのですか。ところで柳原さんはどちらの派閥ですか？」

「私？」柳原は意外そうな顔で自分を指さした。「そうね……。強いて言えば三上派かな。あの人、パワハラなんかしないわよ。良い人よ」

「麗子は、結構難しい立場にいたんでしょうか？　三上社長に仕えているため、反三上派の讃岐部長からいじめられたとか？」

　安井は伏し目がちに言った。

「讃岐部長に訊いてみたらいい。稲葉さんにセクハラをしていましたかって」清美は突然、声を出して笑い始めた。「セクハラしましたって言うはずないけどね」

「改めて讃岐部長にも話を聞いてみます」

安井は冷静に答えた。

「私、会社へ戻るけど、絶対に私が讃岐部長のセクハラを話したって言ったら駄目よ。今度はこっちがいじめの犠牲者になるから」

清美は安井をひと睨みすると、去っていった。

「どう思いますか?」

清美の背中が見えなくなってから、香織は安井に訊いた。

「どう思いますか、って?」

「あの柳原さんていう人。私たちを待っていたのかしら」

「待っていた?」

「そう。あるいは、私たちがスターバックスに入るのを見ていて、わざと目につく席に座ったとか?」

「どうしてそう思うの?」

「彼女、私たちの前に都合よく現われ過ぎではないですか? 前回も今回も……」

香織の指摘に、安井は何とも理解しがたいような表情をした。

「私の考え過ぎですか？」

「考え過ぎだと思うよ」安井は首を振った。「僕は、誰が麗子を殺したのか？　少なくとも、誰が麗子を追い詰めたのか？　それを知りたいんだ。柳原さんの言うことを信じるなら、讃岐部長が怪しいってことになる。もう一度、讃岐部長に会って詳しく話を聞く必要があるんじゃないか」

「そうね。讃岐部長なら、三上社長に会うほどは難しくないかもしれないですからね。それにしても……三上社長派と秋山会長派に分かれて争っているなんて、どうしようもない会社ですね、曙建設って」

「そんなことはないさ。うちだって旧第七銀行派と旧明和銀行派で争っている。人事やシステムでね。知っているだろう？」

「ええ、まあ……。でも下らないですね」

「下らないことにうつつを抜かすのが人間ってものなのかもしれない」

安井が憂鬱そうな口調で呟いた。

「そうだ！」

香織が軽く手を叩いた。

ね」

「柳原さん、何でも知っていると言っていたのに、知らないって言いましたよ
「そうだっけ？　そんなこと言った？」

「ええ、言いました。麗子がどうしてミスをしたのかなんて知らないって」

「そういえば、そんなことを言ったね。でも、それがどうしたの？」

「なぜ知らないって言ったのでしょう？」

香織は首を傾げた。

「知らないからじゃないの」

香織が何を考えているか分からず、安井は戸惑いを見せた。

「そうですよね。知らないから知らないと言ったんですよね……」香織も思考の整理がつかないまま、言葉を続けた。「それなのに、自分は社内のことなら何でも知っていると言ったり……。その上、いじめていたのは讃岐部長だと言ったり……。うーん、何か引っかかる人だなぁ。あの人は」

「そういえば柳原さんは讃岐部長の部下なのに、あまり讃岐部長とはうまくいっていないみたいだね。一方で三上社長のことを良い人と言ってみたり……」安井

は言った。「僕から見て、三上社長は決して良い人には見えなかったけど」

「いずれにしても真相を究明するためには、柳原さんの存在が大きい気がします。あの人、ちょっと怪しい。これ、女の勘」

香織は言いながら、主水に今後の調査の進め方について相談したいと思った。せっかく主水の人脈のお陰で三上に会えたのに、さしたる成果を得ることができなかったのは申し訳ないと思った。

「ねえ安井さん。私たちは、どこまで麗子の死の真相に迫れているのでしょうか？」

「さあねぇ……」安井は自分に言い聞かせるように答えた。「麗子の霊がちゃんと導いてくれるさ」

5

第七明和銀行高田通り支店の事務課長難波俊樹は、渋面を作って男性客と対峙していた。隣には、AIロボットのバンクンが寄り添っている。

「だから支店長を出せって言っているんだ」

男性客は激昂していた。

「鈴木社長、あちらでお話をお伺いしますから、お静かにしてくださいませんか？」

「あちらに行く必要なんかない。面倒を起こしたいんじゃないんだ。ちゃんと紀藤議員から話は通っているはずだ。支店長に話しておくとおっしゃっていた。私は紀藤議員に献金をしている支持者なんだぞ」

男性客――鈴木の大声に、ロビーにいる他の客が聞き耳を立てている。

その時、一人の初老の男が立ち上がった。そして鈴木に近づくと耳打ちした。

「静かにしなさい。迷惑をかけると、警察を呼びますよ」

初老の男は大柄で、顔つきもなかなかの迫力であった。太い眉の下にある意志の強い目が、鈴木を睨んでいた。

「なに……」

あまりの迫力に気圧された鈴木は、途端に「分かりました。ご迷惑をおかけしました……」と項垂れた。

難波は初老の男に会釈をすると、傍らのバンクンに視線を向けた。

「バンクン、あとは頼みましたよ。担当の安井さんが戻ってきたら、応接室に来るように伝えてください」

「分かりました。あとはお任せクダサイ」

バンクンの声は明るい。

難波は静かになった鈴木を連れて、応接室へと入っていった。

初老の男はバンクンの頭を優しく撫で、笑みを浮かべた。

「バンクンは偉いね。私は君のファンなんだよ」

するとバンクンは男を見上げ、「ありがとうございマス」と嬉しそうに答えた。

「大きなトラブルにならなければいいけどね」

「そうですネ。今日は、ありがとうございました」

バンクンは初老の男をソファまで案内すると、ロビーに戻った。

男はソファに腰を下ろすと、難波と鈴木が入っていった応接室の扉をじっと見つめていた。

「紀藤康夫……。今回、落選したな」

第四章　疑惑の疑惑

1

「ちょっとよろしいですか?」

道端で背後から突然声をかけられて振り返った鈴木武は、驚きに目を瞠った。

「な、なんでしょうか?」

鈴木自動車を経営する鈴木武は、先ほど第七明和銀行高田通り支店のロビーで声を荒らげ、事務課長の難波俊樹と揉めたばかりである。気が立っていた。

「あなたは、先ほどの……」

声をかけてきた初老の男に見覚えがあった鈴木は体を反らし、怯えるように後退りした。今にも逃げ出しそうである。

それもそのはず、初老の男は鈴木と難波が揉めている間に割って入ってきて、

——静かにしなさい。迷惑をかけると、警察を呼びますよ。

と脅すように警告した人物だった。大柄で、顔つきもいかつい。いかにも暴力的な印象である。

「先ほどは失礼なことを申し上げました」

初老の男はいかつい顔を精一杯に歪め、笑顔を作っている。無理な笑顔はかえって不気味だった。

「何か……」

鈴木の声は震えていた。殴られるか、金品を強奪されるか。どんな危害を加えられるのか分からず、恐怖を覚えていた。

「いやぁ、ちょっとお話をお聞きしたいと思いましてね。私は、実は……」

初老の男は名刺を差し出した。

『ジャーナリスト　大畑虎夫』

鈴木は受け取った名刺をしげしげと見つめ、何度か初老の男の顔と見比べた。

「フリージャーナリスト？」

「ええ、『週刊現実』などにも署名で記事を書いています」

「週刊現実」は、大手出版社が発行する有名な週刊誌である。

「そうですか……」ようやく鈴木は安堵の表情を浮かべた。「取材ですか？」

「ええ。先ほどのトラブルについて詳しくお訊きしたいのですが」

大畑は、まるでセールスマンのように腰を低くし、笑みを絶やさない。

「融資の件ですか」

鈴木は眉根を寄せた。

「ええ。どうですか？　場所を改めて。ちょうど昼時ですから、あちらのレストランでお食事でも？」

大畑は、通りの向かいにあるスパゲッティ専門のレストランを指さした。

「そうですか。少しなら……。でも面倒は嫌ですよ」

鈴木は眉間に皺を刻んだまま、頷いた。

「申し訳ありません。ご迷惑はおかけしませんから」大畑の目が鋭く光り、口角が引きあがった。してやったりという顔である。「では参りましょうか」

大畑は車に注意しながら道路を渡った。

2

難波事務課長の横には、豊田融営業第二課長が座っていた。豊田は最近異動してきた営業のベテランで、なかなかの人情家との評判である。会議室のテーブルを挟んで二人と向かい合った安井壮太は、緊張に顔を強張らせた。

「鈴木自動車の件だがね」

豊田が切り出した。

「はい。ご迷惑をおかけしました」

鈴木自動車の営業担当を務める安井は、反射的に頭を下げた。

「君が謝ることではないんだけどね」

豊田が苦笑した。

「先ほど鈴木社長がおっしゃったことをお伝えします」鈴木との面談に当たった難波が話し始めた。「新型感染症拡大に伴う中小企業支援融資は去年の暮れに終わりました。返済が今年から始まります。我が行も積極的に融資を拡大しました。しかし景気は回復せず、融資先の倒産拡大が懸念される事態となっています。そのことはご承知ですね」

「勿論です」

豊田は安井にチラリと視線を送り、同意を求めるように頷いた。

「私たちがその最前線に立っていますから」

安井も頷いた。

「政府や東京都も中小企業支援の継続に努めているようですが、鈴木社長は、どうやら紀藤先生に頼ったようなのです」

難波が苦い顔をした。

紀藤康夫といえば民自党所属の前衆議院議員である。先の分裂選挙で同じ民自党から出馬した山村健介に敗れたことで話題になったばかりだ。

「問題だなぁ」

豊田も表情を歪めた。

「紀藤先生は、融資の返済に困っている企業に、銀行への口利きを依頼されているのでしょうな」

難波が苦い顔のまま言った。

「鈴木自動車は修理工場を新設したものの、思ったように客が増えず、資金繰りに窮しています」安井が説明した。「新型感染症対策融資も斡旋したのですが、それでは足りないということで、追加融資のご相談がありまして……」

「追加融資は、断わったのですね」

難波が念を押した。

「はい」

「安井君が断わったわけじゃない」豊田が安井をかばった。「判断したのは私だ。私が断わった。鈴木自動車の経営悪化は深刻だ。ウイルスのせいばかりじゃない。過剰な設備投資と整備不良に伴う訴訟などが、その最たる原因です」

「なるほど」難波は納得気味の表情で頷いた。「それで紀藤議員に駆け込んだのでしょうね」

「紀藤先生は、鈴木自動車の他にも融資の相談に乗っているようです」豊田が補足した。「本来、紀藤先生の口添えなどなくとも支援できる会社はあります。しかし、そんな会社ですら『紀藤先生から話を聞いているだろう』と高圧的に言ってくるんです。ひとたび私たちが融資を躊躇すれば、『地元企業を蔑ろにするのか』という電話が紀藤先生から直接かかってくる始末です」

「紀藤先生は、多くの企業に融資の斡旋をされているのですね」

難波が少し驚いたように言った。

「どうもそのようです」豊田が渋面を作って頷いた。「ご本人なのか、秘書の方なのか……」

「鈴木社長の話では、ご本人から融資の斡旋を受けたようです」難波が腕組みをした。「斡旋にあたって、手数料といいますか、献金をさせられたと……」

「融資斡旋手数料代わりの政治献金ということなのでしょうね」

豊田が嘆息した。

「妙ですね」会話を聞いていた安井は首を傾げた。「私は、紀藤先生や秘書さんから鈴木自動車に融資をしろと言われたことはありませんが……。ちょっと調べてもよろしいでしょうか」

安井はスマートフォンを取り出し、豊田に了解を求めた。

豊田は無言で頷いた。

しばらく会議室が沈黙に包まれた。

「これは想像ですが……」額に深く皺を刻んだ豊田が、沈黙を破った。「実際に銀行に口を利く場合と、そうでない場合があるんでしょう。口利きせずとも融資が実行されたら斡旋が上手くいったことにして、献金額を増やすのですかね。今回のように上手くいかない場合には、どうするんでしょう？　後日、文句を言いにこられるのでしょうか」

「今、他の銀行の担当と情報交換をしたところ、同じような話が出てきました」

安井がスマートフォンを見ながら口を挟んだ。「他の銀行では、紀藤先生の斡旋を受け入れたところもあるようです。ただ、もし本当に融資の斡旋を行なうなら、貸金業者として登録していなければなりません。もし無登録で斡旋を行なうと十年以下の懲役、もしくは三〇〇〇万円以下の罰金、法人は一億円以下の罰金が科せられます」

「紀藤先生は当然、無登録でしょうね」

難波が暗い表情で声を絞り出した。

「どうしますかね」

豊田の額に刻まれた皺が、ますます深くなった。

「どうしましょうかね」

難波が首を捻る。

「警察に相談しますか？」安井は恐る恐る提案した。「違法な融資斡旋で逮捕された議員秘書や議員さんもいますから。これを黙っていることは問題になりませんか」

「それができれば、なにも気にすることはないんだがね……」難波が苦渋の表情を見せた。「他の銀行が動いてくれればいいんだが。なにせ紀藤先生は、地元の有力な政治家だから」

「でも紀藤先生は今回、落選しましたよ。それならいいんじゃないですか」

安井は身を乗り出した。

「落選したからって掌を返すような真似はね。できないな」難波がはっきりとした口調で答えた。「高田町にも紀藤先生の支持者は多いからね。この問題は、私が預かります。支店長と相談して対処しましょう」

そうは言ったものの、難波にも適切な考えがあるわけではなかった。

もし紀藤が多くの地元中小企業に対して融資の斡旋を申し出て、たとえ表向き政治献金という形であろうと手数料を徴収しているならば、明らかに違法である。これを黙って見過ごすわけにはいかない。

支店長の古谷伸太に相談したところで、当然のことながら警察に届けようという結論になるだろう。それでも、難波一人で結論を出すには重過ぎる。

例えば支店の大事な顧客であり町内会長を務める大家万吉も、紀藤の支持者だ。もし銀行の名において警察に訴え出たら、大家やその仲間から強烈な批判を浴びるかもしれない。

落選した紀藤への同情が、その怒りに拍車をかけるだろう。

「頭が痛いですね」難波は困りきった顔を安井に向けた。「ところで、安井さん。

例の件の調査は進んでいるのですか？」

例の件とは、安井の婚約者だった稲葉麗子の謎の死のことである。

「どうなんだ？」

豊田も心配そうに訊いた。

安井は一週間の休暇が明けたあとも、銀行業務の合間を縫って調査を続けている。安井の気持ちを慮っての温情措置として支店ではこれを黙認しているが、他の行員たちの負担になっていることは事実である。豊田としては、そろそろ決着をつけてもらいたいというのが本音だった。

「あまり進んでいません……」安井は浮かない顔を難波と豊田に向けた。「この間、麗子の職場であった曙建設の本社で社長と面談したのですが……あまり役立つ情報は得られませんでした」

「安井さん、今、何て言いましたか？」

難波が突然、身を乗り出した。

「はい？」

安井は首を傾げた。

「今、曙何とかと言いませんでした？」

「ええ、曙建設です。お会いしたのは三上社長です」

「ほう……」難波は腕を組み、大きく頷くと、ため息をついた。

「難波さん、どうされました?」

豊田が訝しんだ。

「たしか曙建設の会長が、紀藤先生の後援会長を務めていらしたはずです」難波が安井を真っ直ぐに見つめて言った。「先般の選挙の際、嫌だと言ったのに大家さんに無理やり後援会の集まりに連れていかれたんですよ。そこで曙建設の会長が、紀藤先生を国会に再度送り出していただきたいと応援演説をされていました。大家さんに言わせると、曙建設は紀藤先生から、頭が上がらないほどの支援を受けているんだとか……」

「何か不思議な縁を感じますね」

豊田が呟いた。

「ええ、そうですね」

難波が頷いた。

安井は、相変わらず暗い表情でうつむいていた。

3

多加賀主水は、隔離療養中の自宅でパソコンの画面を見つめていた。

画面には、いかつい男の顔が映し出されている。

「大畑さん、お久しぶりです」

主水の通話相手は、フリージャーナリストの大畑虎夫だった。大畑とは、主水が海外を放浪していた二十代の頃に旅先で出会い、親しくなった。今でも時々、情報交換と称して飲む機会を設ける相手である。いかつい顔から想像できないほど気のいい人物であることを、主水は知っていた。

「主水さん、自宅軟禁なの？」

大畑が笑いながら言った。

「軟禁じゃないですよ。隔離です。感染症のせいで不自由ですね、全く……」

主水は苦笑した。

「ははは。ところで急に連絡したのは他でもない、主水さんは今、第七明和銀行にお勤めですよね」

「はい、その銀行の高田通り支店です」

主水は怪訝に思いつつ答えた。

「ばっちりだね」

大畑が破顔した。普段は強面だが、笑うとえくぼが現われ、可愛く見えるから不思議である。

「なにがばっちりなんですか？」

主水は問いかけた。

「今日の午後、高田通り支店に行ったのです。そうしたら……」大畑は、支店で遭遇したトラブルについて説明した。「妙に気になったのでね、支店から出てきた鈴木自動車の社長さんに取材をかけたのです」

「大畑さんは、何でも見過ごさないですね。それで、鈴木社長は……」

「鈴木さんは非常に怒っていましたね。感染症拡大に伴う緊急融資の返済期限が迫ってきた。しかし資金繰りは依然として苦しい。そこに地元選出の紀藤康夫議員の秘書がやってきて、銀行に融資の斡旋をしてあげると言ったのだとか。その後、紀藤議員本人もやってきた。これで助かったと思った鈴木さんは、紀藤議員の後援会に献金したそうです。一口一〇万円を五口」

「それは自主的に、ですか?」

「形式上は自主的なものですが、融資斡旋の見返りに最低五口を要求されたそうです。斡旋が上手くいけば、もう五口追加するように、とも」

「ところが、上手くいかなかった……」

「そうです。紀藤議員の秘書から『高田通り支店に連絡してあるからいつでも融資の申し込みに行くように』と言われ、喜び勇んで足を運んでみると、銀行側からはそんな話は聞いていないとの回答。よしんば聞いていたとしても、融資の判断はあくまで銀行が行なうものであり、たとえ有力者からの口利きがあったとしても、全く有効ではない。むしろ不利になると言われてしまったと……」

「そうでしょうね」

主水は頷いた。

「そんなものなのですか?」

大畑が訊いた。

「ええ。銀行にはいろいろな人間から融資などの口利きがあります。官僚、政治家、有力企業のトップなどですね。しかし融資を実行するかどうかは、当然のことながら銀行の審査を経なければなりません。かつて大蔵省(おおくらしょう)が銀行を牛耳(ぎゅうじ)っていたような時代は、癒着(ゆちゃく)が激しくて、そうした有力者の口利きが功を奏したと聞いたことがあります。しかし今はコンプライアンス重視の時代になりましたので、かえってそうした口利きは、債務者にとって不利に働くことが多いようですね。それはともかく、紀藤議員の行動は問題ですね」

「問題ですよ！」大畑が語気を強めた。「融資の斡旋は登録業者のみに許されています。紀藤議員の行為は、法令違反です」

「手数料の徴収に政治献金という抜け穴を用意していても？」

主水が疑問を呈(てい)した。

「紀藤議員はあくまで自主的な政治献金だと言(い)い逃(のが)れするでしょうが、問題になると思います。ああ、先日の選挙で落選しましたから、紀藤議員ではなくて紀藤前議員と呼ぶべきでしょうね」

「そうでしたね。岸見派の紀藤が落選し、安永派の若手で新人の山村が当選した。激しい保守分裂選挙でした」

主水が言った。

「さすが主水さん、関心の幅が広いですね。私が思うに、紀藤は焦(あせ)っていたのでしょう。それで融資斡旋という手段を使って支持と資金を得て、選挙戦を有利に戦おうとしたんだと思います」

　大畑がしたり顔で言った。

「これから紀藤を追及するんですね」

「勿論です。これはスクープになりますよ。紀藤の逮捕にでもつながれば、大スキャンダルです」

　大きなネタを前に興奮が隠せないのだろう、大畑の表情がほころんだ。

　一方で、主水は神妙な顔になっている。

「大畑さん、実はね。こんな話があるのです。選挙にまつわることですが……」

　先の選挙で紀藤の対抗馬であった山村が多額の金をばら撒(ま)き、都議会議員らを買収(ばいしゅう)した疑いがある——。

　内閣官房の官僚冨久原玲からの情報だが、主水はネタ元を極秘とした。ネタ元を明かせば信憑性(しんぴょうせい)はぐっと高まるのだが、玲に迷惑がかかってしまう。

「それは大スキャンダルですね」大畑が興奮を抑(おさ)えきれずに早口になった。「保守分裂選挙を仕掛けたのは、民自党内の勢力争いのためだと言われています。政権を担(にな)う安永首相は、対抗馬の岸見を何としても潰(つぶ)しておきたかった。党の総裁選が近いですからね。そのため岸見派の紀藤に対し、安永派入りが確実な若手の山村をぶつけた。もし紀藤が敗れれば、岸見は選挙に弱いということで党内での評価が下落し、安永の対抗馬にはなり得ないとの思惑でしたね。そして実際その通りになった……」

「この情報が本当かどうか、大畑さん、取材されませんか？」

「します。ぜひさせてください」

　画面越しに、大畑が勢い込んで言った。

「では、ひとつお願いがあります。私がこんな状態で動けないので、ちょっと助けてもらいたいのですよ」

「主水さんにはお世話になりっぱなしですから、何なりとおっしゃってください」

「ありがとうございます。実は、紀藤を支援しているのは曙建設の秋山会長で、山村を支援しているのは、同じ曙建設の三上社長だと言われています。三上社長は国交省の元局長で、山村は彼の部下だったという縁です。三上は事務次官レースに敗れたことを恨み、国交省に影響力を持ち続けようと、山村を支援したのでしょう」

「同じ会社の中で会長と社長が分裂している……。会社分裂ですか」

大畑が保守分裂にかけて「会社分裂」と表現した。

「問題はそれだけではないんです。曙建設に勤務していた女性が、不可解な死を遂げてしまった」

主水は、稲葉麗子の死についても話した。

「結婚式直前の死……。婚約者の方はさぞ納得がいかないでしょう」

大畑は同情し、悲しげな表情を見せた。

「ええ。警察は自殺としていますが、不審な点があり、婚約者の安井さんと、私が信頼する同僚の生野さんが調べているんです。二人に協力してやってくれませんか？」

主水はウェブカメラに向かって手を合わせた。

「勿論オーケーですが、どうすればいいんでしょうか？」

大畑はやや困惑気味な表情を浮かべた。紀藤の融資斡旋、山村の都議会議員買収と女性の死が一直線につながらないからだ。

「何とも言えませんが、曙建設に何かが起きていることは事実でしょう。稲葉さんの死がそれにつながっている気がするのです」

「主水さんの予感ですか。でも警察が自殺としている以上、結局自殺だということになるかもしれませんが……」

「そうですね」主水は目を伏せた。「それで安井さんが納得するかどうか、ですね」

「いずれ生野さんたちをご紹介いただくことにして、私はまず紀藤を取材しますね。そこから突破口を開きます」

「お願いします」

主水は頭を下げ、通話を終えた。大畑ならば、香織たちの強い味方になってくれるだろう。

4

「ちょっと来てくれないか」

三上が社内電話で総務部の柳原清美を呼ぶと、彼女は「はい、分かりました」と大儀(たいぎ)そうな返事を寄越(よこ)した。

しばらくすると、いかにも面倒くさいといった表情の清美が現われた。

「何か御用でしょうか？」

「悪いが、いつものようにこれだけ現金を引き出してきてくれないか」

三上は、一枚のメモ用紙をクリアファイルに入れて清美に渡した。メモに記された金額は二〇〇万円である。

「分かりました」清美は淡々とファイルを受け取った。「いつものようにですね」

「ああ、いつものようにね」

三上は硬い表情で答えた。二人の会話はまるで暗号か符丁のようである。

「では失礼します」

清美は踵を返し、社長室を出ようとした。

「あっ、ちょっと柳原くん」

三上が呼び止めた。

「スリーアップコンサルティングの口座には、今、残高はいくらあるかな？」

スリーアップコンサルティングは、三上の私的な会社である。名称は「三上」を英語読みにしただけの単純なものだった。

「四〇〇万円ほどだと思います」

清美はすんなりと答えた。

三上は何度か小さく頷き、「そうか……」と呟きを漏らした。「ところで、社内で何か変わったことはないかな」

「べつに変わったことなど……」

清美は愛想のない態度で答えた。

「そうかね。何もないか」

「はい」

「この間、若い銀行員が二人、訪ねてきたんだがね。社内で噂になってはいないか」

「なっていませんが……」清美は答えて、それから何かを思い出すような顔をした。「そういえば、亡くなった稲葉さんのことを調べているっていう話でしたね」

「そうらしいね」

清美の話を受けて、三上が憂鬱そうな顔になった。

「彼女、自殺したのでしょう？　いったい何を調べているんでしょうね」

清美が薄ら笑いを浮かべた。

「そうだね。何を調べているんだろうね」

「二人と面会して、どんなことを訊かれたのですか？」

「それがね……」三上は深刻そうに眉間の皺を深くした。「私のパワハラが原因じゃないかって責められてね。驚いたよ。まるで私が殺したみたいなことを言うんだ」

「ふふ」

清美は笑いを漏らした。

「何がおかしいんだね」

三上が不機嫌な表情で清美を見つめた。

「本当のことだったりして……」

清美は聞こえよがしに呟いた。

「な、何を言うんだ、君は。もういい。行きなさい」

三上が動揺を隠しきれずに声を荒らげると、清美は涼しい表情で社長室を出ていった。扉が閉まってから、三上は電話の受話器を取った。

「何てことを言うんだ。気味の悪い薄笑いなんぞ浮かべやがって……。嫌な女だ。無能だから重用してやっているというのに……」

受話器から呼び出し音が聞こえてしばらくすると、相手が出た。

「もしもし、奥広工務店さん。社長はいるかね。曙建設の三上だ」

電話の向こうで、慌てて奥広社長を呼ぶ声が聞こえた。奥広工務店とは、三上が国交省に在籍していた当時からのつき合いである。問題にならないように気を付けながら、かなりの頻度で接待を受けてもいた。

三上が曙建設の社長に就任すると、それまで曙建設と取引のなかった奥広工務店は、下請けの一社に加えられた。当然のことながら、三上の裁量である。こうした三上シンパの下請け会社は、奥広工務店以外にも数社が存在する。

しばらくすると、息を切らして「はい、奥広です」という声が受話器から聞こえてきた。奥広工務店の社長、奥広忠保の声だった。

「三上だよ」

「はっ、三上社長。何でございましょうか?」

奥広が緊張して答えた。

「ちょっと入用があってね。いつものように……いや、いつもより少し多めに振り込んでおいてくれないか」

「はい、承知いたしました」

「では、よろしくね」

それだけ言って、三上は電話を切った。

5

「先生に取材するなら、ちゃんと予約を取ってください」

紀藤事務所の職員が、迷惑顔で大畑を押し返そうとしていた。

紀藤康夫の選挙事務所は、高田通り商店街の一角、雑居ビルの一階にある。選挙が終わっても、事務所の窓にはポスターが何枚も貼られたままだった。入り口には、紀藤の等身大のパネルまで置かれている。パネルの紀藤が満面の笑みを浮かべているのが、余計に落選の悲哀を感じさせた。

「ご挨拶させていただくだけですよ。中にいらっしゃるんでしょう。さっき、事務所にお入りになるのを見かけましたから」

大畑は逆に職員を押し返し、事務所の中を覗き込もうとした。

「逃げも隠れもしませんから、予約だけは取ってくださいと言っているでしょう」

職員は険悪な表情だ。

「そんなことを言っても、電話ひとつ取り次いでくれないじゃないですか」

大畑は職員を押した。職員がバランスを崩し、後ろに倒れそうになる。

「おいおい、何をしているんだ」

倒れそうになった職員を支えるように男が現われた。紀藤である。

「紀藤先生、お話を伺いたいのですが！」

大畑はすかさず叫んだ。

「落選したから、もう先生ではない。ただの老人だ」

紀藤の答えは弱々しかった。

「ちょっとお時間をいただけませんか？　銀行への融資斡旋について、お聞きしたいのです」

途端、紀藤の表情に緊張が走った。

「先生……」

大畑を守るように立ちはだかっていた職員も、不安げな表情で振り返った。

「いいだろう。中に入れてあげなさい」

「ありがとうございます」

腰を低くした大畑は、いかにも卑屈そうなにやけた表情で、紀藤の前に立った。大柄で強面の大畑は、第一印象で相手に警戒心を抱かせてしまう。そのため大畑は、取材においては可能な限り卑屈な態度を取ることにしていた。

「こちらへ」

紀藤は事務所内の会議室に大畑を招き入れた。

「失礼します」

「そこに座ってくれ」

大畑は紀藤に言われるまま、ソファに座った。

「コーヒーを飲むかね。インスタントだがね」

「いただきます」

大畑が答えると、紀藤はコーヒーカップに粉末を入れ、ポットから湯を注いだ。湯気の立つコーヒーカップが大畑の前に置かれる。

大畑は、紀藤に好印象を抱いていた。融資斡旋の件は、彼にとって決して好ましい話題でないはずである。にも拘わらず、紀藤は取材を受ける姿勢を見せた。

「私は、フリージャーナリストの大畑虎夫と申します」

大畑は名刺を差し出し、自己紹介をした。

「知っているよ」名刺を眺めながら、紀藤は意外にも親しげな笑みを浮かべた。

「君が書いた雑誌の記事を読んだことがあるよ。財務省官僚の自殺の真相だったかな」

「若手の財務官僚がパワハラを受け自殺した事件ですね。あれは酷い話でした」

「官僚も大変だなぁ。私みたいな馬鹿な国会議員の面倒を見ないといけないのだからね。さあ、取材にかかろうか」

「よろしくお願いします」頭を下げ、大畑はじっと紀藤の目を見つめた。「早速ですが、先生が地元の複数の中小企業に融資を斡旋されているという話を聞いたのですが、事実でしょうか？」

「ああ、斡旋したよ。困っている中小企業を助けるのが仕事だからね」

紀藤は悪びれずに言った。

「でも、手数料を取っておられるのではありませんか？　違法でしょう？」

大畑の質問に、紀藤の表情がやや険しくなった。

「手数料なんかもらっていないよ」

「でも献金という形で……。それは結局、手数料と同じじゃないですか。違いますか？」

「違うね。私の政治資金管理団体に個人献金をしてもらっているだけだよ。ちゃんと政治資金収支報告書にも記載している」

「なかなか上手い方法を考えましたね」

大畑はにやりとした。

「ところで」紀藤は大畑に顔を近づけた。「敏腕ジャーナリストの君を見込んで話があるんだが……」

「まだ、私の取材が終わっていません」大畑は紀藤の話を遮った。「あなたの斡旋は口先だけで、実際は口利きなど行なっていない。献金だけ取っていったと怒っている中小企業があるようです。献金も強制されたものだと、彼らは言っていますけど」

「銀行に対して何とかならないかと話はするが、結果までは責任を持てないさ。判断するのはあくまで銀行だからね」

「手数料を取って、業として融資斡旋を行なってはいないとおっしゃるのですね」

「おっしゃるもなにも、当然だよ。法に触れるようなことは一切、行なっていない。断言する。それより、もっと大きな問題があるんだ。君が調べる価値のあることだ」

紀藤は、鋭い視線で大畑を見つめた。

大畑は、紀藤の意図をとっくに見抜いていた。融資斡旋の件は紀藤自ら認めるはずがないのでブラフに過ぎなかった。大畑の本当の目的は、先の選挙における山村の買収疑惑について取材することだったのだ。

おそらく紀藤は買収疑惑について、誰かに話したくて仕方がなかったのだろう。落選した立場で騒ぎ立てても負け犬の遠吠えと揶揄されるだけだから、少しでも影響力のあるジャーナリストに取材させ、記事になればいいと考えているに違いない。

落選の悔しさが拭えず忸怩たる思いでいたところへ、まさに飛んで火に入る夏の虫のように大畑が現われたというわけである。

しかし大畑にとってみれば、紀藤の方こそ飛んで火に入る夏の虫だった。紀藤は、大畑が燃やす火に飛び込んできた夏の虫であり、広げた網にかかった魚なのである。

主水と話して以来、山村の買収疑惑の件は、紀藤の融資斡旋よりも数段興味深いと思っていた。安永首相の周辺まで駆け上がる一大スキャンダルに発展する可能性があるからだ。

「紀藤先生、じっくりお話をお聞きします」

大畑は舌なめずりし、目を輝かせた。

6

柳原清美は、ほくそ笑んだ。

三上社長から渡されたファイルには、通帳と伝票、そして「二〇〇万円」と書かれた一枚のメモ用紙が入っていた。通帳の名義は、スリーアップコンサルティング。三上が代表を務める、私的な会社である。といっても、何か事業をしているわけではない。いわゆるペーパーカンパニーだ。銀行口座だけが、この会社の存在証明だといっても過言ではない。その口座の管理を清美は任されていた。

払い戻し請求書に三上から預かっている社判と印鑑を押し、通帳と一緒に銀行の窓口に差し出せば、現金が手渡される。

「今回は、いくら引き出そうかしらね」

ある時から清美は、三上に指示された金額以上の払い戻しをし、着服していた。最初は一万円程度だった。しかし三上が通帳に目を通そうともしないので、だんだんと大胆になっていった。最近は一〇万円単位で余分に払い戻し、着服しているのである。

三上がこの通帳の残高を確認しない理由は分かっている。決して表沙汰(おもてざた)にしたくない口座だからだ。

この口座の金は、三上が社長就任と同時に曙建設の下請けとなった会社から振り込まれた「コンサルタント料」だった。下請けの彼らは三上に「コンサルタント料」と称して毎月一定額を上納することになっており、さらに受注一件につき、その金額の数パーセントを入金させられているのだ。

時には三上の無理な要求に従って、多額の入金を強(し)いられている。このことは、当然ながら秋山会長には秘密である。

この裏金で三上が何を企(たくら)んでいるのか、清美には関心がない。曙建設を乗っ取るつもりなのかどうかも気にしていない。

清美に関心があるのは、清美がこの資金の管理を任されているということだけだ。こんなに美味(うま)い話はなかった。適当にこの口座から金を払い戻し、自分の物にしておけばいいのだから。三上の前では、できるだけ無能で気が利かない女子社員を演じている。愚鈍(ぐどん)に見える清美がまさか資金を掠(かす)め取っているとは、三上は夢にも思っていないだろう。

三上がいつか清美の着服に気づくのではないかとハラハラしないでもないが、

気づいた時には、居直ればいいだけである。

「この口座のこと、秋山会長に話してもいいんですか！　ふふふ」

三上がうろたえる姿を想像して、清美は薄ら笑いを浮かべた。

「番号札、十五番のお客様」

呼ばれた清美は、窓口に歩み寄った。窓口係の女性行員が現金を袋に入れて差し出す。

「ありがとうございました」

「どうもお手数でした」

清美は現金を受け取り、バッグにしまい込んだ。礼を言いたいのはこっちの方だ。思わず笑みがこぼれる。一〇〇万円の束が二束。その他に二十枚の一万円札が、別の小袋に入れてある。これが清美の懐を温めることになるのだ。

三上は、いつも現金での払い戻しを指示してくる。振込ではない。現金の方が、使い道を詮索されないからだろう。いったい誰に金を渡しているのだろうか。愛人でもいるのか。いずれにしても社長のくせに裏金作りにご執心とは、どうしようもない人間である。

しかしそれも当然のことかもしれないと清美は思った。天下りで社長となったものの、会社の実権は全て秋山が握っている。三上は面白いはずがない。裏金でも作って楽しくやろうと思ったのだろう。

「さっ。今日は早く帰って、美味しいものでも食べようかな。懐も温かいしね」

清美は、弾んだ声で独り言を呟きながら支店を出た。

「あら、柳原さんではないですか？」

清美は驚き、目の前の小柄な女性を見た。

「あなたは……？」

「第七明和銀行の生野香織です。先日はお世話になりました」

香織は、にこやかに頭を下げた。

「ああ、そうだったわね。稲葉さんのことを調べにきた方ね」

清美は香織のことを忘れていたわけではない。むしろはっきりと覚えていた。しかし、偶然出会った香織に動揺し、忘れた振りをしてしまった。不味いかもしれないと後悔した。

「その節は貴重な情報を提供していただき、ありがとうございました」そう言って香織は、清美の抱えているバッグに視線を向けた。「あら、今日は当行に用事ですか？」

清美は今まさに第七明和銀行新宿駅前支店から出てきたばかりだった。

「ええ、まあね」

清美は背後の銀行の看板を振り返って仰ぎ見た。

「何かお役に立てることがあれば、おっしゃってくださいね」

香織は優しげに微笑んだ。

「ありがとう。それじゃあ、私はこれで」

清美はバッグを抱えて、足早にその場を離れた。

少し離れたところから振り向くと、まだ香織が立っていた。清美に向かって頭を下げている。清美も仕方なく頭を下げた。

早くこの場から立ち去らなければならないという強迫観念に、清美は囚われていた。二〇万円を掠め取ってにんまりしていたところを見られたかもしれない。見られたからといって、正規の手続きを経て引き出されたお金なのだから、香織が怪しむはずがないと承知しているのだが……。

「あの女にいろいろと情報を与えたのは不味かったかしら」清美はふいに不安になったが「まあ、いいか」と思い直した。

再び背後を振り向くと、香織の姿はもう見えなかった。清美は歩みを速めた。

7

——偶然とはいえ、こんなところで柳原さんに会うとはね。

生野香織は、清美の顔を思い浮かべた。精彩がなく、何を考えているのか分からない、捉えどころのない女性だった。

第七明和銀行新宿駅前支店は、曙建設の取引店舗である。どうも曙建設が怪しいと勘が騒いで仕方ない香織は、親しい同期の男性行員に話を聞くために約束を取りつけ、新宿を訪れたところだった。

香織の疑念は膨らんだ。

清美は、求めもしないのに香織と安井に近づいてきた。木村刑事の紹介で曙建設の讃岐部長と面会した香織と安井だったが、麗子の死について調査しにきたことは、公にはなっていない。

それなのに清美は、わざわざ香織たちに近づいてきて、讃岐部長のセクハラ疑惑などを明かした。あれは本当に親切心からの密告だったのだろうか。もしかすると、そうではないのかもしれない。

かつて、高田通り支店で不正があった。転勤してきて間もないある男性行員が、自動現金預け払い機に充塡する金を着服していたのだ。ギャンブルで負けが込んでいた彼は、こっそり金を抜き取っていた。

しかし当然のことながら、そんな不正はいつか露見する。きっかけは、彼がATMを誰にも触らせなかったことだった。

ある日、香織が彼の代わりに現金を充塡しようとしたところ、突然彼が現われて、険しい顔で「私がやるから、いい！」と怒鳴った。

その態度に不審を覚えた香織は、難波課長に相談した。事なかれ主義の難波もすぐに動き、彼を担当から外すと、機器と現金を点検した。結果、不正が発覚したのである。幸い大きな金額ではなかったが、彼は懲戒解雇になった。

不正を行なっている者は、発覚するのが不安で堪らない。そのため不正の現場から離れなかったり、わざわざ近づいてきたりするものである。当時、香織は彼の行動から、そのことを学んだ。「犯人は現場に戻る」とよく言われるが、まさにその通りなのだ。

香織の目には、あの不正を働いた行員と清美とが重なって見えた。疑うに足る証拠は何もない。ただ、麗子の死について清美がただならぬ関心を寄せているこつかない。

とだけは間違いがなさそうだった。それがどんな関心なのかは、香織には想像が
——考え過ぎかな。

香織は内心で呟き、新宿駅前支店に足を踏み入れた。窓口の女性行員と目が合う。ふと、清美はどんな用事でこの支店に来たのだろうかと気になった。

香織は窓口に近づいた。幸い、まわりに客はいない。

「あのう、高田通り支店の生野ですけど、ちょっといいですか？」

香織は行員証を見せた。

「はい、何でしょうか？　誰かとお約束でしたら、お呼びしますが……」

女性行員はにこやかに言った。

「いいえ、そうじゃないんです。今ここに柳原さんという女性の方がお見えになったはずですが、お分かりになりますでしょうか？　ちょっと大柄な女性なのですが」

「はい、お名前までは存じ上げませんが、あの、あまり笑顔のない方ですよね」

「そうそう、そうです」

さすが窓口係、「あまり笑顔がない」というのは清美の特徴をよく捉えている。

「私が担当いたしました。それが何か？」

女性行員がわずかに怪訝な表情になる。

「いえ、職務上少し気になることがあって、どんな用事で来られたのかなって気になったものですから。教えてもらってもいいですか」

香織は申し訳なさそうに言った。

「現金を払い戻しにこられましたよ。二二〇万円でした」

女性行員はあっさりと答えた。普通、客の情報など絶対に教えないが、香織の行員証を見て警戒心を緩めたのだろう。

清美が大事そうにバッグを抱えていたのを思い出した。あのバッグの中には現金が入っていたのだ。

「そうですか……。柳原さんは、よく来られるのですか？」

「そうですね。時々、ですね。いつも現金を払い出されます」

「曙建設って大きな会社なのに、現金ですか？」

香織は不思議に思って確かめた。

すると女性行員は小首を傾げて「曙建設？　違います」と言う。

「えっ、曙建設の口座ではないんですか？」

「ええ。スリーアップコンサルティングという会社の口座です」

「スリーアップコンサルティング？　おかしいですね。伝票を見せてもらうことは可能ですか？」

曙建設ではない名義の口座と聞き、香織は俄然興味を覚えた。

「課長に承諾を得てくださいますか？」

「分かりました。後ほど承諾を得てからまた来ますから、見せてくださいね。ところで……」

香織はバッグから写真を取り出した。稲葉麗子の写真である。

「この方を見たことはありませんか？」

女性行員はしばらく写真を見つめ「はい」と頷いた。

「ご存じですか？」

香織は勢い込んだ。

「この方、以前はよく来店されていました。やはりスリーアップコンサルティングの通帳をお持ちになって……。とても感じの良い綺麗な方でしたので、覚えています」

「えっ、今、何て？　以前はこの女性がスリーアップコンサルティングの通帳を持ってきていたのですか」

香織は慌てて確認した。

「そうです。いつごろからか覚えていませんが、先ほどの方に交代されました」

「本当ですか？」

香織の頭の中で、何かが弾(はじ)けた。

「いらっしゃいませ」

サラリーマン風の男が二人、支店に入ってきて、窓口の女性行員はすかさず声をかけた。これ以上、窓口係の業務を邪魔するわけにはいかない。

「ありがとうございました」

香織は礼を言い、窓口を離れた。そして約束していた同期の男性行員に会うために、二階の営業室へと向かった。

――彼を通じて事務の担当課長に、スリーアップコンサルティングの伝票閲覧(えつらん)の許可を取ってもらうことにしよう。

それにしても、過去に麗子がこの支店に来ていたとは。香織は、麗子との不思議な縁を強く感じていた。まるで麗子が今日、この支店に香織を導いてくれたようにも思えたのである。

第五章　追及はどこまでも

1

呼び出し音が三回、四回と繰り返されても、多加賀主水は通話に出てくれなかった。

「早く、早く……」

生野香織は自宅のパソコンの前で気を揉みながら呟いた。香織は、自分が入手した情報の貴重さを測りかねていた。きっとものすごく重要なのだが、それを最大限に活かすには、主水の力が必要だったのだ。

ようやく呼び出しに応じた主水の顔が、画面いっぱいに映し出された。

香織は思わず大きく息を吐いた。主水の顔を見ると、なぜか安心するのだ。

「生野さん、どうしたんですか？　ため息なんかついて」

画面越しに主水が微笑んでいる。

「ああ、主水さん。私、どうしたらいいか分からなくて。助けてください」

香織は情けない声を出した。

「落ち着いてください。生野さんらしくないですよ」

主水が両手を広げて「落ち着け、落ち着け」と動作で示す。

「分かりました。落ち着いて話しますね……」香織は深呼吸をして、頷(うなず)いた。

「主水さんが職場に戻ってくるまでに、麗子の死の真相をはっきりさせようと思っていたのですけど、果たしてちゃんと前に進めているのか、ぐるぐると同じところを回っているのか、分からなくなってしまったのです。でも今日、今後の行方(ゆくえ)を左右するかもしれない情報を得ることができました」

「聞きましょうか」

主水の顔から笑みが消え、真剣な表情になった。

「今日は新宿駅前支店に行ったのです。新宿駅前支店は曙建設の取引店なので、何か分からないかなと思いまして……」

すると入り口の前で偶然、柳原清美に会ったこと。彼女は今日、スリーアップコンサルティング名義の通帳を持って預金を払い出したこと。窓口係の女性によると、同社の現金払い出しの役割は、もともと生前の麗子が担(にな)っていたということと……。香織は今日あった出来事を、順を追って説明した。

「柳原という女性社員は、たしか稲葉麗子さんの同僚でしたね」

主水が訊く。

「はい。私たちが曙建設の讃岐部長を訪ねた際に、向こうから近づいてきました。噂好きなのか私たちに情報を提供してくれるのですが、どうも気になる存在なのです」

「一言で言えば、怪しい？」

「そう、そうなんです。女の勘です」

香織は勢い込んで言った。

「ははは、女の勘ですか」

主水が笑った。

「おかしいですか」

「失礼しました。笑ってはいけませんね。生野さんの勘は鋭いですから。それで、具体的にはどんな点が怪しいんですか？」

「彼女は何だか意図的に私たちに近づいてきているというか、私たちの行動を見張っているような気がするんです。主水さんに取り計らってもらって三上社長と面会した日にも、柳原さんに偶然、出会いました。そして今日、まさか銀行の前でばったり会うとは思いもしなかった……。驚きました」

「確かにね」主水が首を捻る。「稲葉さんの死とどのような関係があるのかは分かりませんが、要注意ですね」

「そう思います」

「柳原さんが、支店で現金を払い出していた。伝票などは見せてもらえたのですか？」

「ええ。親しい同期を通じて課長の許可をもらって、柳原さんがどの口座から現金を払い出したか調べさせてもらいました」

「それで口座の方は、どうでしたか？」

主水の問いに、香織はごくりと唾を飲んだ。そして目をくわっと見開き、緊張と興奮を抑えながら口を開いた。

「柳原さんが現金を払い出していたスリーアップコンサルティングという名義の口座。なんと、なんと、その会社の代表は、曙建設の三上社長だったのです！」

「なるほど……」

主水は顎に手を当て、小首を傾げた。

「あれっ、反応薄い！　それだけですか？」

香織が画面に顔をぐっと近づける。

「すみませんすみません。三上だからスリーアップか、と思ったものですから。ネーミングセンスないなぁって……」

主水は苦笑した。

「主水さん、この事実をどう思いますか？」

「その口座からの払い出しを担当していた稲葉さんも柳原さんも、総務部員として、三上社長の秘書的な立場にありましたよね。だからこそ、その口座の管理を任されていたということでしょうね」

「でも、普通は経理部が担当しますよね。会社の口座なんですから。それを総務部が担当しているということは……」

「会社の口座ではなく、三上社長の個人口座ということですね。生野さん、その口座の入出金記録は入手できましたか？」

「ばっちり。この通りです」

香織はしてやったりという顔で数枚のコピーを右手に持ち、ウェブカメラの前でひらひらと揺らした。

「さすが、名探偵。それを私宛てにメールで送ってくれませんか？」

主水が興奮気味に身を乗り出した。

「はい！　すぐに送ります。私が見ても、どう読み解いていいか分からないんです。たくさんの会社から結構な入金があることだけは確かなのですが……」

香織はコピーに目を落とした。

「面白いことが分かるかもしれませんよ」

画面の中の主水が、にやりと口角を引き上げた。

2

フリージャーナリストの大畑虎夫は、待ち合わせの相手を捜して店内を見渡した。相手が指定してきたのは東京郊外の幹線道路沿いにある喫茶店で、広々としたフロアにソファが点在している。これだけの規模だと、誰と会っていても周囲の関心を引くことはないだろう。

前衆議院議員の紀藤康夫から提供されたリストには、今回の衆議院議員選挙で初当選した山村健介から金銭の提供を受けたと思われる都議会議員たちの名前がずらりと並んでいた。

大畑は、そのリストに基づいて一人一人取材をしていた。ある時は直接インタビューをし、ある時は電話を使った。これから会う予定の都議も、そのうちの一人である。

紀藤によると、幾人かの都議は金を受け取った後、すぐに返したらしい。

——百二十五人いる都議の中で、民自党は三十三人だ。その全員が私の支持者だと信じていたが……。

リストを大畑に手渡す際、紀藤は憤懣やるかたなしという顔で呻くように言っていた。

紀藤は怒りに任せて、自分を裏切った都議たちに迫ったという。すると彼らは一様に「申し訳ない」と口にしつつも「仕方がなかったんだ」と開き直り気味の態度を見せた。

仕方がなかった——なぜならそれは、官邸からの指示だったからだ。事実を知った時、紀藤は許せないと思った。安永龍太郎首相が率いる安永派は、元外務大臣岸見政文の率いる岸見派の勢力を削ぐために、なんとしてでも山村健介を当選させたかったのだ。そこで党の幹事長工藤幹夫や内閣の要である官房長官鬼塚一郎は安永の意向を忖度して、金の力で都議たちの支援先を紀藤から山村に変更させた……。

さらに紀藤は興味深い情報を教えてくれた。

——山村を支援しているのは、曙建設社長の三上隆志だ。二人は同郷で同じ国交省の先輩後輩の関係なんだ。山村が配ったのは官邸からの金だけじゃないはず。自分で金を用意しただろう。最低でも四、五〇〇〇万は自力で用意できないような者を都議たちは応援しないからな。

国会議員の選挙は、候補自身が頑張れば当選できるわけではない。東京なら都議、地方なら地方議会の議員を動かし、彼らが働かなければ当選は覚束ない。国会議員は一見、都議や地方議会議員の前で尊大に振る舞っているように見えるが、実は彼らに相当気を遣っているのはそのためである。

山村は、その金を自力では用意できないだろう。ならばどうするか？

——三上が金を出したに違いない。

紀藤はそう断言した。

一方で曙建設の創業者であり会長を務める秋山慎太郎は、紀藤の有力な支援者である。曙建設の内部で紀藤と秋山が対立、分断が生まれているのか。それとも公共事業を主体としている曙建設は敢えて二股をかけることで、どちらが当選してもいいように保険をかけたのか……。

大畑は、都議たちの取材を終えたら、秋山会長と三上社長に会わねばならないと考えている。紀藤の話では、三上が山村を応援していることを秋山は知らなかったらしい。しかし、それは自分で確かめなければ何とも言えない。

気がつくと、遠くの席から少し怯えたような目で大畑を見ている男がいた。大畑は小さく会釈をし、男の席に近づいた。

「お待たせしまして申し訳ありません」

「私も今、来たところだから」

男は、紀藤派として力を持っていたベテラン都議の河井剛三である。

「河井先生、さっそくお話を伺ってもよろしいでしょうか？」

「いいよ。早く済ませてくれた方がいい。私も今回のことでは非常に……」河井は眉根を寄せ、厳しい表情で目を伏せた。「何というかなぁ。辛い、情けない思いをしているんだ」

「紀藤さんを裏切ったからですか？」

直截な質問に、河井の表情が歪んだ。

「君ね、裏切ったなんて言葉を使わないでよ」

「でもそうでしょう？」

「まあ、そういうことになるかなぁ」

河井は深く項垂れた。

「どうしてそんなことになったのですか。紀藤さんは、河井先生がまさか山村を応援するとは思ってもいなかったと……」

「紀藤先生、怒っているだろうな。合わせる顔がない」

「噂では、山村側から都議の皆さんに随分、金が流れたとか」

河井は答えられず「うーん……」と唸るばかりだった。

「本当なのでしょうか？」

「……記事にするのか」

ようやく口を開いた河井の視線が鋭くなった。

「場合によっては」

「選挙には金がつきものなんだよ」河井が言った。「金がない奴は落選するんだ。紀藤先生だって金の力は分かっていたはず」

「つまり、紀藤さんも金をばら撒いたってことをおっしゃりたいんですか？」

その問いは、河井は手を振って否定した。

「そうじゃない。昔は紀藤先生もそんなことをしたかもしれないが、当選回数を重ねた今となっては不要になった。ただ、今回は焦ったただろう。まさか刺客を送られるとはね。今回ばかりは紀藤先生も随分無理をして、支持者が経営する会社の面倒を見たりしたようだ」

「融資の斡旋ですね」

「さすがだね。よく調べている。そっちは記事にしないのかね」

河井が皮肉っぽい表情になった。

「調べています。でも今は選挙と金の問題が先です」

大畑ははっきりと返した。

「何でも話すよ。できれば捜査当局が調べにこないようにしてもらいたいが」河井は観念したような顔で話し始めた。「長年に亘って世話になった紀藤先生を裏切った身としては、非常に後悔しているんだ……」

当初は、今回の衆議院議員選挙も紀藤支持でいくというのが民自党都連の方針だった。

ところがそこへ「党本部の意向」で山村を支持しろとのお達しがあった。工藤幹事長から具体的な命令があったわけではないが、誰からともなく「今回は山村で行くらしい」という話になった。

河井はおかしいと感じていたが、その時には既に、民自党都議に金が配られていたのだろう。多くの都議が紀藤支持から山村支持に鞍替えしていたのだ。金の力も大きかっただろうが、党本部の意向となれば、都議は従わざるを得ない。

ただ、ベテランの河井は紀藤支持の有力都議と目されていたので、山村もしばらくは敬遠して接触してこなかったようだ。

「ところがある日、私の事務所に山村が来たんだ。事前に工藤幹事長から、山村を頼むと直々の電話があってね……」

――河井先生、山村を頼んだよ。

――頼むといっても、工藤先生、私が紀藤支持だと知ってのことでしょうね。

――承知している。だけど今回は頼む、悪いようにはしない。そういえば河井先生は、地元商店街の活性化のため、アーケード改修などの予算を国交省へ要望していただろう。あれにも、配慮するから。

「これはえらいことになったと思ったね。事務所を訪ねてきた山村は、終始おずおずとしていたよ。言葉少なに、そっと包みを差し出した……」

——これは何だ。

——すみません。受け取っていただきたいんです。

——買収資金か。

——滅相もありません。先生の政治活動の応援です。

——受け取れないよ。

——それでは困ります。私も、工藤幹事長も……。

「幹事長からの依頼もあるからね、受け取らないわけにはいかなかった……」

「中身はいくらでしたか」

大畑が切り込むと、河井は無言で五本の指を立てた。

「えっ、五〇〇万円ですか？」

河井は頷いた。

「他の都議にそれとなく訊くと、誰もが幹事長からの依頼なら断れない、仕方ないと言っていた」

「その金は党から出たのでしょうか？　紀藤さんによると、山村議員の支援者である曙建設の三上社長からも出たのではないかとのことでしたが……」

「全都議が五〇〇万円ずつもらったとは思わない」河井は首を振った。「私はべテランだし、紀藤支持だからね。多少、金額を張り込んだのだろう。最も多く受け取ったのは、おそらく民自党都連の会長だろうね。金額ははっきりしないが、一〇〇〇万円以上は受け取ったんじゃないか。他の議員に配るとか何とか言って懐に入れただろう。あの人はセコイからな。勿論、大部分の金は党から出ているんだと思う。幹事長は金庫番だからね。曙建設の三上社長のことはよく知らない。山村が国交省出身で、確か、三上社長もそうだろう？」

「はい、そうです」

「だったら金を用意したかもしれないね。だけどあそこの秋山会長は、紀藤先生の有力な後援者だ。そんなことはできるのかな」

河井は首を傾げた。

「二股かけたんじゃないですかね」

「それはないだろう」大畑が鎌をかけると、河井は即座に否定した。「曙建設の秋山会長は、なかなかの人だよ。そんなずるがしこいことは考えないだろう」

「とすると、三上社長が独自に金を用意したんでしょうね……」

大畑は考え込んだ。

会長に秘密で、社長がまとまった金を用意できるのだろうか。

「山村と三上に取材する必要があるね」河井は大畑をけしかけた。「建設会社って大きな金が動くから、数千万円くらいどうとでもなるんじゃないの。もしそれが事実だとしたら、秋山会長は激怒するだろうね」

そう言って河井は立ち上がり、伝票を手に取った。

「もう、これくらいで勘弁してくれ。できれば私が話したとは、誰にも言わないで欲しい」

「よく考えます」

河井は背を向けて歩き出したが、振り返りざま「山村なんか応援するんじゃなかった……」と呟いて苦々しい笑いを浮かべたのを、大畑は見逃さなかった。

3

「安井さん、あなたのDNAを採取させてください」

聞き間違いかと思ったが、高田署の刑事木村健は、確かにそう言った。

その傍らには、困惑した表情の生野香織もいる。

「どうしたの？　二人ともおかしいよ」

安井壮太は不安に駆られた。

木村刑事は、一旦(いったん)自殺と決まった麗子の不審死事件を覆(くつがえ)そうと捜査してくれている人物である。安井にとっては、貴重な協力者だ。その木村が今、苦渋(くじゅう)に満ちた表情を安井に向けている。

「ＤＮＡ？　どういうことです？」

安井は混乱した。昼食後、高田通り支店の休憩室でひと息ついているところへ木村と香織が訪ねてきたと思ったら寝耳に水の話で、どんな顔をして木村の要請(ようせい)を受け止めていいか分からなかった。

「口の中の粘膜(ねんまく)を少しいただければいいんです」

「あの……なぜ、私のＤＮＡが必要なのですか？」

「麗子さんが亡くなった事件の捜査のためです」

安井は動揺した。

「まさか、私が疑われているんですか。何を馬鹿なことを言っているんですか」

「安井さん、そうじゃないんです」

香織が慌(あわ)てて口を挟(はさ)んだ。

「そうじゃないって？」

「言いにくいのですが……」木村が思いきり顔を歪めた。「実は麗子さんは妊娠されていたのです。それで、父親は誰かということになりまして……。もし相手が安井さんであれば、麗子さんは妊娠を歓迎したでしょう。生前、麗子さんは、あなたに報告したいことがあるとおっしゃっていたようですね。それは妊娠のことかもしれない。しかし、もしお腹の子の父が別の人であれば、自殺の動機になりうるし、また相手の男性にとっては、もしかすると麗子さん殺害の動機にもなりうるのです。そこで、どうしても安井さんのＤＮＡが必要となったのです。中し訳ありませんが、ご協力をお願いできませんか。私も一度は自殺の線で捜査が終了した事件を、こうやって再捜査していますので……。ご理解ください」

そう言って木村は頭を下げたが、安井の耳には、木村の話が途中から何も入らなくなっていた。まるで無声映画のように、木村がただ口をぱくぱく開けたり閉じたりしているようにしか見えなかった。

妊娠？　子ども？　いったい何？

安井の頭の中に「妊娠」という言葉が溢れ、暴れまわっている。

「ごめんなさい。いつ話したらいいかって悩んでいたんだけど……」

香織が声を絞り出した。

「生野さん、知っていたの？　麗子が妊娠していたこと……」

どこにぶつけていいか分からない怒りが、安井の胸に湧き上がってきた。

「麗子だけじゃない。お腹の子まで死んだ……殺されたんだ。二人も……」

安井は混乱し、呻いた。

安井と麗子には肉体関係があったので、当然、妊娠の可能性は十分にあった。しかし避妊具をつけていたので、完全とはいえないまでも、安井がその可能性を想定していなかったことも事実である。

その時だ。安井の頭の中に「セクハラ」という言葉が浮かんだ。

――稲葉さんは、讃岐部長のセクハラに悩んでいました。安井さんには悪いですが、二人はつき合っていたんじゃないかと。

柳原清美の証言である。

「ちょっと確かめたいことがある」

安井はそう言って木村と香織を睨むと、すぐさま立ち上がって駆け出した。

まさか、疑いたくはないが、讃岐と麗子の間に……。

そう思い込むと、いてもたってもいられなくなったのである。

「安井さん！」

香織が叫んだ。

「待ちなさい」

木村が追って腕を伸ばし、安井を捕まえようとする。それを振り切って支店を飛び出した安井は、駅に向かって走った。

気がつけば、安井は青ざめた顔で、曙建設の本社ロビーに突っ立っていた。

受付に来意を告げると、讃岐部長は出社していた。

「すぐに参ります、ソファにお掛けになってお待ちください」と受付の女性に言われたが、安井は立ったまま待っていた。

讃岐に会わねばならない。その考えだけが、安井の頭を支配していた。

讃岐は麗子に対し、一方的にセクハラをしていたのか。それとも二人は合意の上でつき合っていたのか。はっきりさせなければならなかった。

やがて、エレベーターホールからゆっくりと歩いてくる男の姿が安井の視界に入った。讃岐である。

安井は大きく息を吸い、そして吐いた。いったい何と言って迫ればいいのか。頭の中で怒りや疑念が渦巻(うずま)いて、全く形になっていなかった。

「お待たせしました」

安井に相対して、讃岐が頭を下げた。

「讃岐さん！　こっちに来てください」

安井は讃岐の腕を摑み、ロビーの隅に連れていこうとした。

「安井さん、な、何をするんですか」

大きく体を揺らしながら、讃岐が怯えた。

「どうしても訊きたいことがあるんです。ここでは不味い。あなたの名誉に関わることです」

安井は断固とした態度を示した。

「分かりました。ご一緒しますから、手を離してください」

讃岐は、観念したように項垂れた。まるで安井の怒りの原因に察しがついているかのようだった。

二人は、人気のない壁沿いのソファに移動した。

「ここならいいでしょう。座りましょうか」

讃岐は言った。

「はい」

二人は並んでソファに座った。

「先ほどは失礼しました」安井は謝り、すぐに用件を切り出した。「実は麗子は、妊娠していたというのです」

安井の視線は、しっかりと讃岐を捉(とら)えていた。

「それは……」

讃岐は絶句した。

「今日、警察の方から伺いました。私のDNAを採取したいと言ってきたのです。お腹にいた子が私の子かどうか、確認したいということでした。もし私の子なら、私は妻になるはずだった女性と子どもの二人を同時に亡くしたことになります」

「それは、無念ですね……」

讃岐はぼそりと呟いた。

「讃岐さん、真面目(まじめ)に訊きますね。どんな答えでも驚きません。讃岐さんは、麗子と関係があったのですか？　御社の柳原さんから、あなたが麗子を好いていて、セクハラを行なっていたと聞きました」

安井の覚悟を決めた口調に、讃岐の表情が硬(かた)くなった。

「柳原がそんなことを話していたのですか？」

「ええ。本当のところはどうだったのでしょうか？」

「安井さんは、もしかしたら稲葉さんと私の間に深い関係があったのではないかと疑っておられるのですね」

「そうです。疑いたくはありませんが、麗子がもし自ら死を選んだのだとすると、讃岐さんとの関係を私に打ち明けることができずに悩んでいたから……とも考えられます」

「どう答えればいいですかね」

讃岐はぼんやりと遠くを見つめた。

「正直に話してください。セクハラはあったのですか」

安井は真剣な顔つきで問い質した。

「セクハラはありませんでした」

讃岐は安井を見つめ返した。薄く笑みを浮かべている。

「そうですか。安心しました」

安井の表情が束の間、緩んだ。

「愛し合っていたのです」

讃岐は静かに言った。

安井の表情が強張った。言葉を失って、口を開いたまま動けない。

「でも、私には妻がいます。妻とは別居も同然の状態ですが、それでも私は家庭が大事でした。卑怯者です。稲葉さんとは別れるしかなかったのです」

その瞬間、讃岐の身体が大きく揺らいで、床に崩れ落ちた。

安井の拳が、讃岐の頬を強く打ったのだ。

安井は、拳を握りしめて倒れ込んだ讃岐を睨んだ。

讃岐の唇が切れ、赤い血が一筋流れていた。

讃岐はそれを手で拭いながら、ゆっくりと立ち上がった。

すると安井は讃岐のスーツの襟を両手で摑み、絞め上げた。

讃岐はされるがままで抵抗しない。

「別れるしかなかった、だと……。もしかしたら、もしかしたら、麗子はお前との関係に悩んで死んだのかもしれないんだ!」

安井は声を荒らげた。その両腕には満身の力がこもり、袖口から覗く腕には血管が浮き上がっている。

首を絞め上げられて苦しそうだが、讃岐は抵抗しなかった。

「安井さん、そこまでにしましょう」

安井の腕を誰かが掴んだ。

安井が振り向くと、木村刑事だった。その隣には、悲しそうな顔の香織がいた。

4

「何のことをおっしゃっているのですか。ご自分の頭の上の蠅（はえ）も追えないのでは、見込みがありませんね」

工藤幹事長は慇懃（いんぎん）に言い、薄く笑った。

これが政治の世界か……。

山村健介は絶望した。

衆議院議員に当選したことを、今となっては後悔していた。

大畑というジャーナリストが、選挙時の都議への金のばら撒きについて調べているらしいとの情報が、山村のもとに頻々（ひんぴん）と入ってきていた。もしも記事になれば、大きな問題になるかもしれない。

そこで山村は工藤幹事長に相談したのだが、工藤は取り合おうともせず、何の反応も示さなかった。

山村は崖から突き落とされたような気持ちだった。工藤は「党に迷惑をかけるな、自分で解決しろ」と言外に匂わせている。

山村から金を受け取って下卑た笑みを浮かべていた都議たちも、最近では山村を避けているようだった。事態がはっきりし、ほとぼりが冷めるまで、距離を取っておこうというのだろう。

もはや山村が頼れるのは、三上社長一人だけだった。

幹事長との面会を終えて辞した山村は、その足で曙建設に行くことにした。

——三上は、俺を助けねばならないだろう。もし助けないと言ったら、あんたが金をくれたからばら撒いたのだと言ってやる。あんたが俺を利用しようとしたから、こんなことになったのだと言ってやる……。

混乱し興奮した頭で、山村は考えていた。

どうすれば、悲願であった衆議院議員の立場を守ることができるのか。

どうすれば、三上に責任を押しつけられるのか。

——もし三上からも見捨てられたら？

山村の背筋に冷たいものが走った。国会議事堂の絨毯を堂々と歩むはずが、暗く冷たい拘置所の中で項垂れていたくはない。

――かくなる上は、幹事長を脅すしかない。全てを暴露してやる、そう言って幹事長を震え上がらせるのだ。俺は、どんなことをしてでもこの地位を守る。総理への道を進むんだ……。

5

パソコンの画面いっぱいに映し出された大畑の顔は、興奮で赤く上気していた。

「主水さん、すごいですよ。面白いことになってきました。何せ都議たちは軒並み山村から金を受け取っているのですから。多い人は五〇〇万円。五〇〇万円ですよ。立派な買収です。みんな『党の指示だったから仕方がなかった』と言っています。情けない限りです。公僕の意識、ゼロ！」

「大畑さんが動いていることは、山村議員にも伝わっているでしょうね」

主水は冷静に言った。

「当然ですね。まだ山村には会っていませんが、私はできるだけ露骨に動いていますから、奴はかなり動揺しているでしょう」

「山村はどう動くでしょうか？」

「私の取材からは逃げまくりますね」

「それは当然でしょうね」主水は笑った。「そもそも今回の問題は、私が勤務する第七明和銀行の行員の婚約者が謎の死を遂げたことが始まりです。自殺か？他殺か？　この謎を大畑さんにも追ってもらわねばなりません」

「十分に承知していますよ。それを調べる過程で、選挙の買収資金の話に行きついたわけですから」

「ええ。意外な展開ですが、案外、意外でもないのかもしれません。全てが曙建設につながっていますから」

「都議たちの取材はあらかた終わりましたから、直接、山村にぶつけてみますか？　どんな反応をするか見ものです」

大畑は勢い込んだ。

「ちょっとその前に面白い情報が手に入りましてね……」

主水は神妙な顔で言った。

「面白い情報？」

「三上社長の裏金口座の入出金データです」

「裏金口座？　それはすごい。さすがは主水さんだ」

「大畑さんにデータを送りますから、この口座に入金している会社を取材してくれませんか？　どれも曙建設の協力会社のようなのです。これらの会社が裏金の出どころだと思われます。個人情報ですから慎重に取り扱ってください。情報提供者にも迷惑をかけることになりますから」

主水は、ウェブカメラの前でデータのコピーを手にとって広げてみせた。

「やりますよ。やらせてください。慎重に扱います。悪事を暴くためにはやむをえません。いつも申し訳ありませんね。主水さん」大畑は目を輝かせた。「三上は、それらの協力会社から集めた金を配ったんでしょうね。紀藤によると、社長の三上と会長の秋山は対立しているんです。秋山の承認なしで三上が山村に資金援助するには、自分で金を集めるしかない。それで自ら裏金作りに手を染めたってわけでしょうね。そしてそれがそのデータということだ」

画面を食い入るように見つめる大畑の目が、主水のパソコンの画面に大写しになった。

「その可能性は十分にあると思います。そして稲葉麗子さんの謎の死も、この裏金が関係しているように思えるのです」

「裏金が関係しているというのですか」

「ええ、根拠は希薄なのですが。事件の背後に金と女性はつきものですから」

「主水さんの鋭い勘ですね」

大畑は笑った。

「いえいえ、山勘ですよ」主水も笑みを返した。「ではデータを送りますので、早めに買収資金の全容を暴きましょう」

「頑張ります」

大畑は弾んだ声で言い、画面から消えた。

主水はパソコンの電源を落とし、暗い画面を見つめていた。

都議買収の裏金と麗子の死がつながっていると言ったものの、どのようにつながるのか。主水に確信があるわけではない。ただ、そんな気がするという程度だった。

曙建設の三上社長は協力会社から裏金を集めて、山村に提供した可能性が高い。この裏金は、全く曙建設の業務と関係がないのだとしたら賄賂であり、業務上の横領や特別背任に当たるだろう。

また、それを選挙における買収資金に使っていたのだとしたら、買収目的交付罪などにも問われるだろう。

それほどのリスクを冒してまで、三上は何をしようとしているのか。内閣官房の冨久原玲によると、三上は国交省事務次官になれなかった恨みを晴らし、国会議員を金でコントロールすることで自分の力を見せつけようとしているのではないかというが、浅はかも甚だしい。

ひと昔前、ふた昔前ならいざ知らず、現在のようにコンプライアンス厳守の時代にあって、金で——それも裏金で国会議員をコントロールなどできないだろう。

主水は、はたと考え込んだ。そう思うのは、一般の庶民たる主水のような人間だけかもしれない。国交省などのエリート官僚は、公務員倫理規程があるにも拘わらず職務中から多額の金や様々な接待を受けることが当然になっているのかもしれない。国家のために安月給で尽くしているのだから、この程度は当然だ——との勘違いに慣らされていくのだろう。そうでなければ、退官後に天下りポストを転々と移り、高額の退職金をせしめていく「渡り」が未だに横行している現実が理解できない。きっと官僚というのは、人としての恥を知らない者が出世していくのだろう。三上もその一人に違いない。

　山村は、どう動くのか？

　主水は考えた。

　山村は、大畑の取材で追い詰められている。せっかく獲得した国会議員の座を失いたくはない。そればかりではない。逮捕される可能性がある。山村から金を受け取った多くの都議たちは、大畑に取材され、既に逃げに入っている。誰も山村を支えない。

　窮鼠（きゅうそ）の立場にいるのが山村だ。すると猫（ねこ）を噛（か）むだろう。諺（ことわざ）通りに。では、その猫とは誰か？　分裂選挙を強行した民自党本部中枢（ちゅうすう）か。それとも支援者の三上か。あるいは、その両者か。

「……大畑が危ない？」

　主水は思わず口から出た言葉に驚いた。

　このまま大畑に選挙買収の取材を進めさせれば、民自党からの攻撃があるかもしれない。彼らこそ窮鼠になるからだ。

「うーん……」主水は、例の入出金データのコピーを持って考え込んだ。「しかし、ここで止めるわけにはいかない」

主水は表情を引き締めた。

6

新宿歌舞伎町にある古いカフェは静まり返っていた。香織、安井、そして木村刑事が並んで座り、彼らが見つめる対面の席で、讃岐が深く項垂れていた。

安井は憤懣やるかたないといった表情で、讃岐を睨みつけていた。

「これは取り調べではありませんから、警戒しないで正直にお話しください」

木村刑事が、強面に似合わぬ優しさに溢れた声で沈黙を破った。

「ええ、承知しています」

讃岐は消え入りそうな声を落とした。

「あなたは亡くなった稲葉麗子さんとおつき合いされていたのですね」

「はい」

「失礼を承知でお訊きしますが、肉体関係はありましたか？」

「はい……」

その時「うぉー……」という咆哮のような呻き声を安井が発した。拳を強く握りしめ、今にもテーブルを叩きかねない。

　香織が驚いて、安井の拳に優しく手を添えた。

　麗子を安井に紹介したのは香織である。今になって思うと、あの頃の麗子は、どこか物思いに沈んでいることがあった。あの頃から、讃岐との不倫に悩んでいたのだろうか。しかし安井とつき合うようになって明るくなったことは事実だ。讃岐との破局を後悔しているようなことはなかったと思いたい。

「お聞きになったと思いますが、稲葉さんは妊娠されていました。あなたの子である可能性はありますか？」

　木村の問いに讃岐は顔を上げ、涙で赤く腫らした目を木村に向けた。

「ありません」

　讃岐はきっぱりと断言した。

「なぜ、そう言い切れるのですか？」

「それは……お別れしたのが二年も前のことだからです。それからは一切、おつき合いはありません」

　讃岐は穏やかな口調で答えた。

「二年前ですか……」

安井が複雑な顔で呟いた。安堵したのか、それでもまだ悔しいのか。

「あなたが父親である可能性はないということですね。他に、稲葉さんがおつき合いされていた男性についてお心当たりはありませんか？」

木村が訊いた。

「私が父親である可能性は、絶対にありません。二年前に別れて以来、稲葉さんがどんな方とおつき合いされていたかは分かりませんが、真面目な方だったので、二股をかけるようなことはないと思います。一度だけ、新しくおつき合いする人が出来たと、彼女が嬉しそうに話してくれたことがありました。あれは安井さんのことだったのですね」

讃岐が初めて微笑みを見せた。

「讃岐さん、あなたは二年前に別れたとおっしゃいましたが、どちらから別れようと言い出したのですか？」

今度は香織が質問した。

「どちらからということはないですね。こんな不毛な関係を続けていても良くないと思ったのです」

「一部の男の人は、別れるとストーカーに変身するようなことがあります。あなたは麗子から新しくおつき合いする人が出来たと聞いて、嫉妬はしなかったのですか？」

香織が鋭い口調で切り込んだ。

「嫉妬ですか……」讃岐は思いに耽り、曖昧に言葉を濁した。「あると言えばありましたが、ないと言えばないですね」

「嫉妬で、殺したんじゃないですよね」

安井が激しい口調で迫った。

「安井さん、ちょっと言い過ぎだよ」

木村が制した。

「すみません」

安井は、がくりと肩を落とした。

「私が稲葉さんを殺すなんてことはありません。絶対にありません」

讃岐は重ねて「絶対に」と強調した。

「念のため、讃岐さんのＤＮＡを採取させていただきます。よろしいですね」

「ええ、結構です」

木村の要請に、讃岐はすんなりと応じた。

「讃岐さんの話が本当ならば、稲葉さんのお腹にいたのは、安井さんの子である可能性が高いね。なんの慰めにもならないし、悲しみが深くなるばかりだけど」

木村が悲しそうに呟いた。

「本当に悔しい、残念です」

讃岐が目を伏せた。

「まさか三上社長ってことはないですよね」

香織が言った。

「三上社長ですか？」讃岐が驚き、目を瞠った。「確かに三上社長は稲葉さんを気に入って自分の秘書のように使っていましたが、ある時から遠ざけるようになりました。まさか交際を迫って振られたっていうことではないでしょうが」

「三上社長とお会いした際、麗子に仕事上のミスが増えて交代させようとしていたとおっしゃっていましたよね。麗子は、ミスを連発するようなタイプではなかったと思うのですが……」

香織が小首を捻った。

「そうですね。あれは突然でしたね。確かにスケジュールを間違ったり、来客の予定を失念したりとミスがあったことは事実です。私も、三上社長に叱られましたから」

「ではやっぱりミスをしたのでしょうか？　三上社長が麗子に交際を迫って、断られた腹いせってことはありませんか？」

「さあ、どうでしょうか。三上社長はパワハラはしますが、セクハラは……」

讃岐は考え込んだ。

「誰かがミスをするように仕向けたとか？」

香織は畳(たた)みかけた。

「ミスを誘発(ゆうはつ)するように間違った情報を稲葉さんに伝えたってことですか？」

「そうです」

「社内で探ってはみますが……」

讃岐も首を傾げた。

「あのう……ところでスリーアップコンサルティングって会社をご存じですか？」

香織が話題を変えた。

「スリーアップコンサルティング？　聞いたことがありません。いったい何の会社ですか？」

讃岐は狐につままれたような顔をした。

「やはりご存じないですか？」

香織は、安井や木村と視線を交わし合って頷いた。

「スリーアップ……。スリー、三、アップ、上……。三、上、三上……」

讃岐が呟き、はっと目を見開いた。

7

「三上さん、どうしましょう？　何とかしてください」

三上の目の前で男が土下座し、今にも泣きそうな声を出した。男は奥広工務店の社長、奥広忠保である。奥広は、三上が曙建設の社長に就任して以来、協力会社として新たに加わり、業容を拡大してきた。

障子の外は明るかった。この小料理屋は、三上と奥広が会食で頻繁に利用してきた店である。まだ開店時間にもなっていないが、奥広が無理を言って開けさせたのだろう。

「どうしたのですか？　奥広さん。頭を上げてください」

三上は冷静さを保って言い、奥広の前に胡坐をかいて座った。

「フリージャーナリストが訪ねてきたんです。強面の男で、三上社長に個人的に金を渡すのは問題ですよって脅すんですよ」

ようやく土下座から座り直した奥広だが、かなり弱っている様子だった。眉根を寄せ、情けない顔だ。

「個人的に？　どういう意味だ。何という名のジャーナリストだね」

そのジャーナリストは、いったいどんな証拠を握っているのか。平静を装いつつも、三上の内心に不安が募った。

「大畑虎夫と名乗っています。有名な週刊誌などにも署名記事を書いていますね。私も読んだことがあります。なんでも今回の衆議院議員選挙で当選した山村健介議員の買収疑惑を追っているというんです。選挙の話なんて、私には何も分かりませんって言ったんですよ。実際、何も知りませんからね」

奥広は、三上の表情を窺うように上目遣いとなった。

奥広は三上に金を提供しているが、その金を三上がどのように使っているかは知らない。女に使おうが何に使おうが、奥広には関係ないからだ。工事受注の見返りに社長に個人的に金を渡すのは、この業界ではさほど珍しいことではない。

中には工場建設受注の見返りに、社長の別荘を造らされた業者さえいる。それに比べれば一〇〇万円、二〇〇万円の要求は大した額ではない。問題は、それが税務署に通報されれば重加算税が徴収されることだ。他にも公共事業に関連して、三上が何か不正な用途に金を使っていたら、警察の捜査対象になりかねない。万が一そんなことになれば、公共事業の受注から排除されてしまう。

「山村健介議員の買収疑惑と言ったのかね」

「はい。そうです。奥広工務店が三上社長に提供した裏金が、都議の買収に使われていた証拠があると言うんです。私どもがスリーアップコンサルティングにいつ、いくら振り込んでいるか知っていました」

「何だと！」

三上が声を上げ、目を吊り上げた。

「驚きましたよ。情報は恐ろしく正確でした。銀行で教えてもらったんですかね」

奥広はようやく落ち着いた様子で、目の前に運ばれてきた瓶ビールをグラスに注いで、美味そうに飲んだ。

「君、よくビールが飲めるね」

三上が呆れたような顔で言った。

「すみません。喉が渇いたものですから。三上社長もいかがですか？」

奥広は瓶ビールを持ち上げ、三上のグラスに注ごうとした。

「私は要らない。それで、君はどのように答えたのかね。勿論、完全黙秘で対応しただろうね」

三上は奥広を睨んだ。

「それがですね……」奥広は再びビールを手酌で注ぎ、一気に飲み干した。「ジャーナリストの大畑ってのは、とにかく怖いんですよ。都議にも直接取材していて、山村議員から金をもらったっていう都議の名前をずらずらって並べましたから。こりゃ駄目だって思いましてね。私は三上社長には非常にお世話になっているから、送金すること自体は断れないけれど、用途は何も知らないって押し通しましたよ」

奥広が媚びたように「へへへ」と笑い、頭を掻いた。

「送金の事実自体は認めたのか」

三上は苛立ちを隠さないで詰め寄った。

「工事を受注したら、その都度、一〇〇万円から三〇〇万円ほど払います。臨時で要求されたら払います。そりゃ断れませんよね。大畑が入手した情報の振り込み年月、金額、みんな正しいって言ってやりました。私が正直に話すもんですから、大畑も心を開いてくれましてね。社長はいい人だ、迷惑をかけたくないって言ってくれました。その時は嬉しかったのですが、後でじっくり考えてみると、三上社長に悪いことをしたって思い至ったんですよ。だって実際に三上社長は、山村議員を応援されていたでしょう。本当に申し訳ありませんでした」

奥広は再び、頭を深く下げた。

「馬鹿野郎！　みんな認めたのか！」

三上は思わずビール瓶を摑んで、奥広の頭を叩き割りたいという誘惑に駆られた。

不味い。何とかしなくてはならない。裏金送金の事実が秋山会長に知られたら、大問題になってしまう。いや、それよりも、せっかく山村を国会に送り込んだのに、全てが無駄になってしまうではないか。

三上は、唇をわなわなと震わせた。

第六章　自殺か、他殺か

1

議員宿舎を出て車に乗り込もうとしたところで、山村健介の背後から近づいてくる影があった。

「山村さん、山村さん」

いきなり呼びかけられた山村はぎょっとして振り返った。

大柄な初老の男――このところ山村の身辺を嗅ぎ回り、懲りずに何度も取材を申し込んでくるジャーナリストの大畑虎夫だった。

「山村さん、取材、受けてくださいよ。あなたから金をもらったって言う都議がいっぱいいるんです」

大畑は笑みを浮かべながら近づいてくる。

「な、何を言うんですか？　訴えますよ」

腰が引けた山村は今すぐにでも逃げ出したくなる衝動を抑え、車にじりじりと近寄った。

「事務所に連絡しても、埒があかないんですよ。取材、受けてください」

「知らない。知らない。何も知らない」

異常を察した秘書が、大畑との間に割って入った。険しい表情で山村に詰め寄る大畑を、両手で押しとどめようとする。

「あなた、どきなさい。私に触れたら、暴行罪で訴えますよ」

大畑の一喝に、秘書が一瞬たじろいだ。

「車、車を出せ。馬鹿野郎、何をしているんだ。早く、早くしろ！」

山村の命令を受け、秘書は急いで車のドアを開けた。すかさず山村は車の中に転がり込んだが、大畑がドアを閉めようとする秘書を押しのけ、ドアと車体の間にその大きな身体を割り込ませた。

「いいんですか？　取材に応えないなら、山村議員は『その件は知らない』と言って逃げたと書きますよ。私の記事が出たら、他のマスコミが大勢押しかけてきますからね」

後ろ手でドアを支えつつ、大畑は車内で縮こまる山村を真っ直ぐに見つめて言った。

秘書が大畑の腕を掴(つか)み、体ごと車から引き離そうとする。秘書の力が思った以上に強く、大畑はやむを得ず車から離れた。

「早く、早く出せ！」

ドアが閉まるや、山村は車外にも聞こえる大声で悲鳴を上げる。

秘書が運転席に駆け込み、車は急発進した。

「下らない奴だな。ぬるま湯で育ったエリートだから打たれ弱いんだ」

たちまち角を曲がって視界から消えていく車を見送りながら、大畑は舌打ちをした。

取材はほぼ完了しており、まだ取材できていないのは山村と、曙建設の三上隆志社長だけだ。たとえ山村のコメントが取れなくとも、記事としては問題ない。再三の取材申し込みに対し山村が「知らない」と言い張って逃げたことをそのまま書けばいい。

民自党幹事長である工藤幹夫の取材は、既(すで)に終わっていた。工藤はさすがに大物である。取材の申し入れを拒否せず、すんなり応じてくれたが、肝心(かんじん)なことは一切(いっさい)話さなかった。

笑止である。
――分裂選挙については二人当選を目指しただけで、他意はない。落選した紀藤が安永首相に対して批判的であるために落としにかかった、などという噂は笑止である。

工藤はそう言い切った。

――そんなことで候補者を選んではいないよ。山村は若くて、清新で、国家を憂うる有能な人材だ。

――しかし工藤先生。幹事長筋から金が配られ、今回の選挙では山村を応援するように指示を受けたと、都議たちが証言しています。

そう大畑が切り込むと、工藤は一笑に付した。

「ははは、何を寝ぼけたことを言っているんだ」と取りつく島もない。

――党本部で候補者を決め、決められた選挙資金の支援はするが、それ以上でも以下でもないよ。もしそんなことを言う都議がいるなら、ここに連れてきて欲しい。選挙につきもののガセネタに動かされたのだろう。

工藤はそこで「時間だね」と言い、取材を打ち切ったのだった。

発言を記事にしてよいかどうか許可を求めると、工藤は躊躇なく「いいですよ」と応じた。大畑は、妙に感心したものだった。

そんな工藤に比べれば、山村は小物過ぎる。しかし工藤がいかに大物とはいえ、大畑の記事に対する世間の反応次第では、失脚する可能性もあるだろう。

「余裕を隠(かく)れ蓑(みの)にした動揺かな」

大畑は呟(つぶや)いた。

「ジャーナリストの大畑さんですね」

その時、背後から声をかけられ、大畑は振り向いた。

「ええ。そうですが、何か？」

大畑の背後には、マスクで口を覆(おお)い、サングラスで目元を隠した男が立っていた。長袖(ながそで)のシャツを着て、まるで学校の体操着のようなハーフパンツを穿(は)いている。靴は青と赤のストライプの入ったスニーカーだ。

ジャーナリストという仕事柄、大畑は常に警戒を怠(おこた)らないようにしていた。自分に近づく人間の人相(にんそう)、風体(ふうてい)を一瞬の内に記憶する術(すべ)を身につけている。

その大畑の直感が、怪しいと警鐘(けいしょう)を鳴らした。すぐにその場を離れなければと思った次の瞬間、大畑は男に右腕を摑まれ、グイッと体を引き寄せられた。

「うっ」

大畑は左脇腹に鋭(するど)い痛みを感じた。それは熱を伴(ともな)い、とても耐えられる痛みではなかった。

「何をしやがる！」

大畑は必死で叫び、自由になる左腕で男を押し返しながら、男の顔からサングラスとマスクを引き剝がした。サングラスが音を立ててアスファルトに落ちる。マスクは風に乗って、どこかへ飛んでいった。

サングラスとマスクの下には、見知らぬ顔があった。無精ひげを生やし、顎の尖った男である。

「あっ」

顔を露わにされた男が動揺して大畑から離れた。その右手にはナイフが握られていた。

大畑は自分の腹を見た。血が滲み、着ていた白いシャツが真っ赤に染まっている。

「てめえ！　何者だ」

大畑は手で腹を押さえ、男を睨みつけた。男はナイフを握りしめ、なおも大畑との距離をじりじりと詰めてくる。その目が血走っていた。

「大畑さーん！」

その時、男の背後から大声を上げて、大柄な男が近づいてきた。

大畑は顔を歪め、ナイフ男の肩越しに声がした方を見た。

高田署の刑事、木村健だった。

「刑事さーん！」

大畑は力を振り絞って声を上げた。木村とは主水を通じて親しい関係だ。刑事と聞いて、ナイフ男が慌てて振り向く。そして木村の姿を認めるなり、その場にナイフを投げ捨て、慌てて駆け出した。

「大畑さん、大丈夫ですか」

ぐったりして倒れ込んだ大畑を、木村が抱きかかえた。大畑の全身から力が抜けていた。

「こりゃ大変だ」

木村は携帯電話を取り出すと「パトカーをここに回せ！」と叫んだ。近くに部下を待たせていたのだろう。

「しっかりしなさい」

木村が声をかける。

「大丈夫です……」

大畑は目を閉じた。

――こんなことで死んでたまるか……。

薄れゆく意識の中で、大畑は自分を励ました。

パトカーのサイレンの音が近づいてくる……。

2

讃岐総務部長に呼ばれ、柳原清美は訝った。簡単な用件であればいつものように自分の執務机に来るように言えばいいだけの話である。わざわざ会議室に呼び出したからには、何らかの意図があるはずだった。

警戒すべきか自然体のままでいる方がいいのか測りかねながら、清美は会議室のドアを開けた。

「いやぁ、悪いね。わざわざこんなところに呼び出したりして」

讃岐は席を立ち、にこやかな笑顔で清美を出迎えた。

清美も笑みを浮かべた。清美の頭の中で、警戒不要のランプが点灯した。

「何か特別な用事でもあるのですか？」

清美は、椅子に腰を下ろしながら訊いた。

「まあね、大したことじゃないんだけどね」

讃岐も腰を下ろした。

「さっさと用件をお願いします」

清美は、いつもの不愛想な顔に戻った。

「そうだね。柳原さんは三上社長のお手伝いで忙しいからね」

讃岐が皮肉っぽく口角を引き上げたのを見て、清美の脳内に要警戒のランプが点灯した。

「どういう意味ですか？」

清美は、険のある目で讃岐を見つめた。

「いえね、どういう意味でもないんだよ。三上社長に頼まれて柳原さんが口座を管理している会社があるっていう噂を聞いたものだからね」

讃岐の口調には何か裏がある様子だった。

「へぇ、何のことだか分かりませんが……」

「君は、何かと私の悪口を言っているようだね」

「そんなことは言っていません」

「あ、そう。ならいいんだけどね。そんな情報を耳にするものだから……」

「あのぅ……用事がないなら退出させてください」

清美はうんざりして言った。

「さて、まじめな話をしようか。スリーアップコンサルティングっていう名前の会社を知っているか？」

讃岐が鋭い視線で清美を見つめた。

「何ですか、それ？」

清美は動揺を押し殺し、不貞腐(ふてくさ)れたような顔に見えるよう努めた。

「知らないならいいんだよ。どうも裏口座らしい。何に使われているかは分からないけどね。スリーアップ、日本語にすると三上ってことになるだろう。うちに三上といえば、社長しかいない……。三上社長の裏口座なのかな」

讃岐は清美の表情の変化を見逃さないよう、清美をまじまじと見つめていた。

「それが……何ですか？」

相変わらず清美の表情は変わらない。

「君が知らないって言うならそれでいいんだ。うちの経理に訊いても、そんな会社の口座は知らないって言うからね。私も不思議なんだ。その会社の口座の通帳を持って、君が銀行に行っていたという情報があったのでね。何か知っているかと思って声をかけたわけさ。もし三上社長が裏口座を持っているとしたら、大きな問題になる」

「問題ですね。でも私には関係ありません」

そこで清美の表情がわずかに変化した。この場から早く離れたいという苛立（いらだ）ちが、目元に表われたのである。

「私が秋山会長に心酔（しんすい）していることは知っているよね」讃岐は清美を見て、にやりと口角を引き上げた。「君が三上社長の信頼厚く、重用（ちょうよう）されていることも分かっている。でもね、この裏口座の存在が秋山会長に知れたら、どうなるかな。秋山会長の逆鱗（げきりん）に触れて、三上社長は馘（くび）になるだろうね。いや、それだけでは済まないかもしれない。業務上横領の特別背任で刑事告発されるかもしれないね」

「へぇ、社長が警察に捕まるんですか？」

清美が平然と言った。どこまで白（しら）を切るつもりだろうと讃岐は唖然（あぜん）とした。

「君も逮捕されるかもしれないね」

「どうしてですか？」

讃岐が揺さぶると、眠っていたような清美の視線が強くなった。

「君は裏口座の金を勝手に使い込んでいるんじゃないの？　知らぬは社長ばかりなり……。信頼している部下に裏切られたと知ったら三上社長も守ってはくれないから、君も逮捕されるね」

讃岐は薄く笑った。

「もう帰りますよ。部長が何を言いたいのかさっぱり分かりません」

清美の目じりが吊（つ）り上がり、語気が強くなった。動揺しているのが初めて露骨に表情に出た。

「ははは……。図星だったようだね」

「何が図星ですか。もう仕事に戻ります」

清美は席を立とうとした。

「まあ、待ちなさい。この裏口座の話は、私以外、誰も知らないからね。安心していい。私は口が堅（かた）いことで有名なんだ。誰にも言うつもりはない」

「私は関係ありません」

清美は耳を塞（ふさ）ぐような仕草をしながら、腰を浮かした。

「私も美味（うま）い物を食べ、時々は豪華な旅行でもしたいなぁって思っているんだ。どうしたらそんなことができるだろうね。まあ、君次第ってところかな。じゃあ、私が先に出ますから、君は、ここでじっくり将来のことでも考えてくれ」

讃岐は「じゃあ」と軽く手を上げると、腰を浮かしたままの清美を会議室に置いて、出ていった。

「ふう……」清美は大きく息を吐き、再び腰を下ろした。「あの野郎、何を考えているんだ。分け前を寄越せって言っているんだな……。クソッ」

3

「あの情報、役に立ったのですね」

生野香織は表情をほころばせた。パソコンの画面に映る多加賀主水が頷く。

「はい、大変役に立ちました。私の友人の大畑さんが調べてくれましてね。金を受け取った都議にも、三上社長にリベートを支払っていた下請け企業にも取材してくれました。近く記事になります」

「麗子の死が社会の不正を糺すきっかけになったのなら無駄ではなかったのでしようか。悲しいことには変わりありませんが」

「ええ、そう考えるのが、亡くなった稲葉さんのためにもなるでしょうね。この情報は、冨久原さんにも届けてありますから」

「冨久原さんって内閣府の方ですよね」

「そうです。私の長年の友人で、今は内閣官房総務課に金融庁から出向していま す。彼女なら情報を活かしてくれるでしょう」

　主水が自信ありげな表情で言った。

「活かすっていうのは？」

「雑誌に大畑さんの記事が掲載されると同時に、政界の不正も糺される可能性が 高いってことです」

「捜査の手が入る？」

　香織が目を大きく見開いた。そこには、自分たちの行動が発端となって国家を 動かすことになるかもしれないという驚きがあった。

「はい、検察の捜査が入る可能性が高いと思います。きっと今頃、都議たちは検 察に呼ばれて事情を聴かれているでしょう」

「すごいことになりますね。でも今回の選挙って分裂選挙で、当選したのは安永 首相の派閥の人でしょう？　その人がお金を配っていたとしたら、首相の責任も 問われるかもしれません。検察といえども首相に遠慮して捜査できないんじゃないですか?」

香織は表情を曇らせ、懸念を口にした。

「その可能性はないとは言えないでしょうね」主水も眉根を寄せた。「でも大畑さんの記事が出れば、安永首相もその周辺も動かざるを得ないでしょう。動かなければ、自分たちに火の粉が降りかかるだけです。燃えて火傷を負うのは、山村だけにしたいのでしょう。人を切って捨てるくらい何とも思わないのが大物政治家ですから」

「何だか悲しいですね。そんな冷たい人たちがこの国の政治を担っているかと思うと……。ああ、それからもう一つ、大事なことが」

「大事なこと?」

「じつは私たちも一つ面白い仕掛けを施したんです。あの裏口座のデータを使って」

「どんな仕掛けですか?」

主水が興味ありげな表情を見せる。

「聞きたいですか」

香織は悪戯っぽく笑った。

「聞きたいですね……」その時、主水の携帯電話が激しく鳴った。「ちょっと待ってください」

携帯電話を耳に当てた主水は、たちまち顔を引き攣らせて「何ですって！」と声を荒らげた。

「主水さん、どうしたんですか？」

「大畑さんが何者かに刺されたようです」

画面の中の主水は携帯電話を握り締め、深刻な表情で香織を見つめていた。

4

「クソッ、クソッ……」

清美の口から出てくるのは、まるで呪詛のように何度も何度も繰り返される呟きだけだった。机に顔を伏せ、会議室から出ることができずにいた。どれだけ汚い言葉を吐いても、気持ちは落ち着かない。

苛立ち、不安、怒り、いろいろな感情が渦巻いていて収拾がつかなかった。

——讃岐の奴、いったい何を言いたいんだ。まるで私が悪いような言い草ではないか。悪いのは三上だろう。

清美は内心で独り言ちた。

――いや、私も悪いのか。あの裏金を使い込んでいるのだから。でもどうしてそのことがあいつにバレたのだ。まさか、銀行員の奴がチクったのか。

「冷静になれ、冷静になれ……」

清美は自分に強く言い聞かせた。

「何かできることはないか、何か……」

――讃岐は、自分以外はまだ誰も裏口座のことを知らないと言っていた。本当だろうか。そして自分も分け前が欲しいと露骨な態度を見せた。あれだけ露骨なのだから、信じていいだろう。讃岐以外にはバレていない。では、讃岐にいくらか鼻薬を嗅がせればいいのだろうか。いや、そうするわけにはいかない。そんなことをしたら、三上の裏口座の存在も、私がそこから拝借していることも、何もかも認めたことになる。共犯？　そうだ、讃岐を共犯にすればいい。いや、待て。そんなことをすれば私の取り分が減ってしまう。もっと言えば、あのクソ讃岐にみんなむしり取られるかもしれないではないか。

「クソッ、クソッ。考えろ、考えろ……」

清美はぶつぶつ言いながら目を閉じた。

実際は数分に過ぎなかったが、やけに長い時間が過ぎたような気がした。

意を決した清美は、カッと目を見開いた。

「二つしかない。殺るか、殺られるか」

裏口座から残高の全てを払い出して、逃亡して行方をくらますことも考えた。そうすれば金額にして数千万円を手にすることができる。曙建設で勤め上げてもらえる退職金の何倍になるだろうか。

金を持ち逃げしたら捕まるだろうか。三上は、裏口座の存在そのものを否定するだろう。だから追いかけてくるはずはない。

しかし会長の秋山はどうだろうか。讃岐の告げ口から裏口座の存在を知り、その金を持ち逃げされたとなれば、刑事告発するだろう。いや、会社の恥になるから、そんな真似はしないだろうか。

やはり、金を払い出して逃亡するのが最善の方法ではないか。

……いや、それでは駄目だ。金を持ち去ったらそれっきりで、美味い汁を吸い続けることができないではないか。三上を泳がせておけば、これからも裏口座の残高は増えていくだろう。三上はあの金を使って、何かをしようとしている。もしかしたら秋山会長を追い出すことさえ考えているかもしれない。三上は元官僚である。官僚というのはだいたいにおいて、あくどいことを考える人間が多いのではないか。

幸いなことに、讃岐は裏口座の存在をまだ誰にも話していないらしい。つまり讃岐さえ排除してしまえば、今まで通り、何も変わらない日常が戻ってくる。

讃岐を排除するのがベストの選択だ。殺られる前に殺れ……だ。

「うふふ」

清美はスマートフォンを取り出し、登録してあるサイトを呼び出した。

5

「どうしたのだ。そんな険しい顔をして。美味い料理を前にして、その顔じゃ不味くなるぞ」

三上は山村のグラスにビールを注ぎながら言った。

山村は険しい表情で肩をいからせている。

二人は、新宿の高層ビルにある和食店で遅いランチをとっていた。

「こんな場所で悠長（ゆうちょう）にランチを楽しむような心境ではありません」

「何だね。不愉快な男だな。今日は君の当選祝いの会をどうするかも相談しなければいけないんだろう。私は、紀藤を応援していた秋山会長の目もあるから一般参加になってしまうが、陰（かげ）に回って会の準備はさせてもらうよ。国交省の連中も、できるだけ呼ぼうじゃないか」

片や三上は陽気だ。グラスに注がれたビールをグイッと呷（あお）る。

「先輩はお聞きになっていないのですか」

「何をだね」

「大畑というジャーナリストが、私の選挙について調べ回っていることです」

「ああ、そのことか。知っているよ」

三上は涼しい顔で答え、松花堂（しょうかどう）弁当の刺身を口にした。

「知っていて、よくそんなに落ち着いておられますね。彼が何を取材しているのか、ご存じですよね」

「君が都議に金を配ったことだろう」

三上は口角を引き上げた。

「そうです」山村は身を乗り出した。「何とも思わないのですか？」

「確かに私は君を応援した。しかし君には悪いが、都議に金を配ってはいないかられ。配ったのは君だよ。それは分かっているね」

三上は言い、再びビールを飲んだ。

「何ですって！　先輩、そんなことを言うんですか」

山村の口調が激しくなった。

「何を怒っているんだね。これから国家を担おうと考えている人材が、そんなにうろたえてどうする」三上は山村を見つめた。「私は何も、君を切って捨てようなどとは思っていない。だが現実を見なさいと言っているんだ。私に何とかして欲しいと頼まれても、できることとできないことがあるんだよ」

「分かっていますよ。でも私はどうすればいいのか分からないんです。ああ、こんなことになるなら、選挙なんかに出るんじゃなかった。工藤幹事長も知らぬ存ぜぬっていう態度なんです。なんて冷たいんでしょうか。助けてください」

山村は必死の形相で頭を下げた。

「記事は出ないよ」

三上が独り言のように呟いた。

「えっ」

山村は驚き、言葉を詰まらせた。

「記事は出ないと言ったんだよ」

「どうしてですか？　大畑は取材しまくっていますよ。記事にならないとは考えられない」

山村が焦る一方、三上は小ぶりの寿司を悠々と口に運んだ。

「先輩、どうしてですか？　既に何か手を打ってくださったのですか？」

「今回の話は、君だけに留まらないんでね。私にもいささか影響するんだ。私にもいろいろな知り合いがいるってことさ」

「知り合い？」

「そう、知り合い。彼がケリをつけてくれる。詳しいことは言わぬが花、訊かぬが花だね」三上は薄く笑った。「君は私のために働いてくれればいい。頼んだよ」

「知らぬが仏なんですね」山村はわずかに怯えたような表情になった。「まさか」

「まさか？」三上がじろりと山村を見つめた。「まさか、何だというのだね」

「いえ、訊かないようにします。とにかく記事が出るのを抑えてください。お願いします。先輩のためなら何でもしますから」

山村は深く頭を下げた。

「おいおい、代議士先生が簡単に頭を下げるなよ」三上は苦笑しつつも満足そうな口ぶりである。「もう一度、念を押しておくがね。君が都議たちに金を配ったことに関して、私は関係ないからね。その点については私の名前を出したりするんじゃないよ」

山村は何度も首を縦に振った。

「勿論（もちろん）、記事の掲載を抑えてくだされば、名前を出すようなことは決していたしません」

「君も政治家になったね。交換条件かね」

三上はからかうように笑って、手酌（てじゃく）でビールを注いだ。

そこで携帯電話が鳴った。

「先輩、電話です」

「ああ……」

携帯電話を耳に当てた三上の顔から、たちまち血の気（ちのけ）が引いた。先ほどまでアルコールで程よく赤みが差していただけに、変化は如実（にょじつ）だった。

「なんだって……。刺した？　いったいどういうことだ？　脅（おど）すだけだったただろう。手違い？　馬鹿野郎！」

三上は怒鳴りつけて通話を切った。

「どうされたのですか？」

山村が心配そうに三上の顔を覗き込む。

「どうにも、こうにも」

三上は頭を振り、眉間に深く皺を刻んだ。

先ほどまでの余裕ある態度が一変していた。

「何か不味いことでも起きたのですか？」

三上は山村を睨むように見つめた。

「ああ、大いに不味い。面倒なことになりそうだ」

「先輩がですか？」

「君もだ」

「えっ」

山村が驚いて目を瞠った。

6

「絶対に柳原さんを見逃しては駄目ですよ」

香織が、傍らに立つ安井壮太に言い含めた。

「もう、これで二日目ですよ。何も動きがないなぁ」安井が疲れたような顔をした。「僕も仕事に戻らないと……」

「しっかりしてください。麗子の死の真相を暴くんでしょう?」

香織は安井を励ました。

二人は、曙建設本社ビルの向かいにあるファミリーレストランにいた。

窓際の席に座り、昨日に引き続きビルの監視を続けているのだ。

その時、香織の携帯電話が鳴った。新宿駅前支店にいる香織の同期からだった。

「ありがとう。引き続きよろしくね」

香織は電話を切った。

「どうだった?」

安井が訊いた。

「今日も銀行には来ていないそうです」

香織が言った。

「僕らの作戦、失敗かな。柳原は動きを止めたのかな？　だとすれば想像以上に慎重だな」

「さあ、どうでしょうか？　私はそうは思いません」香織の顔には憂鬱が滲んでいた。「私たちの行動にあれだけ関心を寄せていたのですから、柳原さんが怯えていたことは事実だと思います。きっとこれから、窮鼠猫を嚙む行動に出ます」

いつまでも麗子の問題にかかずらっていられないのは香織も同じだった。今は古谷支店長の恩情でこうして持ち場を離れていられるが、あまり時間は残されていない。

「主水さん……」

弱気になった香織は、無意識のうちに呟いていた。

一両日中にも主水は隔離期間を終え、仕事に復帰するはずだ。主水が不在の間に事件を解決すると大見得を切ったものの、叶いそうにない。むしろ今は、すぐにでも主水に手伝ってもらいたいという気持ちが強かった。

昨夜、主水とのネット通話中に主水にかかってきた電話の内容は衝撃だった。主水が懇意にしているジャーナリストの大畑が、何者かによって刺されたというのだ。

幸い、大畑の命に別状はなかった。大畑が危険な目に遭うのではないかと心配になった主水が、あらかじめ木村刑事を通じて警察に大畑の警護を頼んでいたため、事件が起きた時すぐに木村が駆けつけることができたのだ。大畑は腹部を刺されたものの、傷は内臓には達しておらず、入院するほどのことにはならなかった。刺した犯人は、大畑に顔を見られていることに加え、現場にサングラスやマスク、そして凶器のナイフを落としていったので、逮捕まではそれほど時間がかからない見通しとのことだ。

大畑は、山村議員による都議買収疑惑について取材をかなり進めていた。それを好ましく思わない人間が脅してきたのだろう——というのが主水の推理だ。黒幕は民自党なのか、それとも山村議員自身なのか、それは分からない。

——生野さんも気をつけてくださいね。

と主水は言った。今回の件は、全てが曙建設に関係している。どこかで麗子の死と都議買収疑惑がつながりかねないのだ。

これまで香織と安井は、麗子の不可思議な死の真相を究明したいという思いだけで突っ走ってきた。それが思いがけず大きな疑惑を表面化させてしまった。香織たちが相手にしている何者かは、暴力さえ躊躇しないのである。あるいは麗子も、その暴力の渦に巻き込まれたのかもしれない……。

気がつくと、外は薄暗くなってきた。

「退社する人が多くなってきたね」

安井が悲しそうな表情で窓の外を眺めていた。亡き麗子の面影を、夕暮れの中に追いかけているのかもしれない。

夜が近づくと、人は限りなく寂しくなってくるものだ。命は朝に蘇り、夕に衰え、夜には死を迎える。そして再び朝、蘇る。人間の一生はその繰り返しだと、何かで読んだ気がする。

安井は、夕闇の中で麗子の死のことを考えるあまり、命の衰えを痛切に感じているのだろう。事件の真相が全く見えない中で疲労が溜まってきたことも原因に違いない。

もし、今回の作戦が失敗すれば、安井には厳しい結論かもしれないが、麗子の死の真相は永遠に不明ということで納得せざるを得ないかもしれない。

「ねえ、生野さん、麗子が相談したかったことって何だろうね」

安井がぼんやりと外を眺めながら言った。

香織は答えなかった。

「讃岐さんとの関係のことかな?」

「さあ……」

「はっきり言ってショックだったよ。麗子が讃岐さんと深い関係にあったなんて聞きたくなかった。それに妊娠していたなんてね。讃岐さんは自分の子ではないって言ったけど、本当かな。麗子はそのことを相談したかったんじゃないかな」

安井の目じりに光るものが見えた。涙だった。

「DNA検査ではっきりしますから」

励ましにもならないとは思いながらも、香織はそう答えざるを得なかった。

「僕はね、讃岐が憎いよ。でもね、もし、もしだよ。生まれてくるはずの子が僕の子じゃなかったとしても、麗子が讃岐とまだ関係があったとしても、僕はね、許す。全部、許す。僕にとっては麗子が全てだから。どんな過去があろうと、そんなことは関係なく、二人で未来を築くつもりだったんだ……」

安井は顔を伏せた。

「安井さん……」

香織も胸が塞ぐほどの悲しみに襲われた。

「悔しいよ」

「麗子は、安井さんとおつき合いするようになって、本当に幸せそうでした」

香織は言った。

「ありがとう」

安井は、目を赤く染めながら礼を言った。

その時、香織の携帯電話が鳴った。讃岐からだった。

「どうされましたか？　讃岐さん。まだ会社におられるのですか」

香織が訊いた。

「ええ、まだ会社です。どうも柳原もまだ会社にいて、私が帰るのを待っている様子なのです。そこで私、柳原を誘い出しました。歌舞伎町のゴジラビルの前。今から三十分後、七時に待ち合わせです。今から出かけます」

新宿歌舞伎町の東宝ビルの屋上には、怪獣ゴジラの巨大な頭部が鎮座している。ゴジラ誕生六十周年を記念して二〇一五年に造られ、今では歌舞伎町のシンボルとなっているものだ。

「分かりました。私たちもそこに参ります。讃岐さん、気をつけてくださいね」

「分かりました。こちらから動いて、彼女をもっと刺激してやります」

讃岐の通話が切れた。

「讃岐さんから？　何だって？」

安井が訊いた。もう涙は流していない。

「讃岐さんが柳原さんを呼び出したのです。相手が動かないなら、こちらが動くって」

「どこに？」

「歌舞伎町のゴジラビルの前です。待ち合わせは七時。私たちも行きましょう」

香織が立ち上がった。

「よし！」

安井も立ち上がった。その表情にようやくいつもの威勢が戻っていた。

7

――自分の手で殺るしかない。

柳原清美は、肚を固めていた。

日々の出退勤記録や業務日誌などを手に入れて、昨日今日と讃岐の行動を注意深く探ってみたところ、讃岐は何とも面白みのない行動をしていた。毎朝、判で捺したように午前八時半に出勤。リモート勤務が一般化しているご時世で、そんなことはお構いなしだ。

午前九時には秋山会長が会社に来るので、まずは会長室に挨拶に出向く。いったい何を話しているのかは知らないが、讃岐が秋山の腰巾着と呼ばれる所以である。社長の三上のところへは、呼ばれたら足を運ぶだけだ。同じように三上も、午前九時頃には会社に来ているというのに……。

退勤時間は毎日五時半。尾行してみたが、JR新宿駅から中央線に乗り、三鷹駅で下車すると、自宅マンションまでどこに立ち寄ることもなく帰っていく。よほど妻が怖いのだろう。

しかし今日は妙だった。六時を過ぎても、讃岐が帰らなかったのである。

その讃岐が、にやにやしながら清美の席に近づいてきた。

——いったい何を考えているのか。この間の「分け前を寄越せ」と言った件について確認しようとしているのか……。

「柳原さん」讃岐が馴れ馴れしく声をかけてきた。「七時にゴジラヘッドのビルの前で待っているから、この間の件の返事を聞かせて欲しい。いい返事を頼んだよ。私も、いろいろ物入りでね」

飛んで火に入る夏の虫——という諺が、瞬時に清美の脳内に浮かんだ。

讃岐を始末して口を封じるチャンスを窺っていたが、まさか向こうから飛び込んできてくれるとは。しかも讃岐が指定した待ち合わせ場所は、人通りが多い。讃岐を殺るにはもってこいだった。誤算なのは、自分の手を汚さざるを得ないことだけだろう。

「分かりました」清美は答えた。「お返事はその時に」

8

民自党本部に出かけた帰り、秘書が車のドアを開けて「お乗りください」と準備していたが、山村は「一人にして欲しい」と断わり、歩くことにした。

赤坂の議員宿舎の前に差し掛かる。

山村は動揺し、混乱していた。

――私は関係ない、私は関係ない……。

同じ言葉が山村の頭の中をぐるぐると回っていた。

昨日、三上と新宿でランチをとっている最中に三上にかかってきた電話は、まるで山村の脳髄（のうずい）を破壊するほどの衝撃を与えた。

三上は、ジャーナリストの大畑による記事掲載を阻止（そし）すべく、自分の配下とでもいうべき親しい下請け会社に、大畑を脅すように命じていた。その下請け会社、奥広工務店の社長奥広忠保は、あろうことか暴力団員に大畑を脅迫（きょうはく）するよう依頼した。そして大きな手違いが起きた。

暴力団員は大畑をナイフで傷つけてしまったというのだ。大畑の傷が、どの程度かは分からない。生きているのか死んでいるのか、それも分からない。

ニュースに流れないかと気にしていたが、どこも報道しない。ニュースが抑えられているのか、それともたいしたことがなかったのか。後者であればいいのにと祈るしかない。

「ああ、何てことだ！　最悪だ」

三上は、下請け会社からリベートを裏金として受け取っていた。その事実も大畑に知られていた。大畑は奥広工務店にも取材に押しかけ、社長はリベートの事実を認めてしまっていた。

――君を応援するために、私は裏金を作らざるを得なかったのだ。

余裕の表情でランチを頬張っていたはずの三上が、電話を切った後、思いきり渋面を見せた。

――私のために裏金を作った？　そんなことをしてくれとは言っていません！

山村も抗弁した。

――何を言うんだ！　この恩知らずめ！

三上は激しい怒りを山村にぶつけてきた。

山村には分かっていた。裏金が秋山会長の知るところとなると、三上の立場が悪くなるのだということを。馘になるだけならまだマシな方で、悪くすると特別背任で訴えられ、手が後ろに回りかねない。

三上は自分の保身のためにも、大畑の記事を抑える必要があったのだ。

こうして三上との会食は、何とも暗く悲惨な終わり方をした。まともな結論は出ない。今後の事態には全て知らぬ存ぜぬで通そうと合意したくらいだった。

自分の立場は今後いったいどうなるのか、山村は不安に怯えていた。これ以上、三上の力に頼ったところで、事態が改善するとは思えない。三上は、自分に降りかかった火の粉を払うのに必死になっている。

もはやなりふり構ってはいられない。山村は民自党の工藤幹事長に泣きつくことにして今日、党本部を訪ねたのだ。山村にしてみれば、泣きつくというより脅すのだという決意だった。以前、同じ依頼をした際には「自分のことは自分で片付けなさい」と、けんもほろろに跳ね返されてしまった。

今や、あの時よりも事態は数段深刻さを増している。民自党としても事態をこれ以上悪化させないように、何らかの対処をしなければならないはずだ。

何せ選挙に出馬するよう山村を口説(くど)いたのは、他ならぬ工藤だからだ。

――安永首相が君のことを大変評価しているんだ。全面的に支援するから。

工藤が笑顔でそう言ったのを、よもや忘れたとは言わせない。

紀藤との保守分裂選挙になると知って山村が尻込みすると、工藤は「全面的に党が支援するから」と言ってくれた。実際、選挙資金は、他の候補に比べてふんだんに提供してくれた。

「君は特別だから」と工藤に囁(ささや)かれた時は、高揚(こうよう)したものだった。首相の覚えめでたく、当選したらすぐにでも大臣になれるのではないかと思うほどだった。

しかし選挙戦は想像以上に激しく、工藤や党都連会長から「自分でも金を集めてこい」と言われた。あの辺りが、間違いのターニングポイントだったのだ。そして三上に縋ったばかりに……。

山村の脳裏に、先ほどまで面会していた工藤の言葉が蘇った。

――山村君は何を勘違いしているんだね。党の資金で都議を買収した？　その指示を私が出したと言うのかね。そんな寝言をどこで覚えたのか。笑止千万！

山村は腸が捻じ切れるほど悔しく、腹立たしさを覚えた。

――裏金について嗅ぎ回るジャーナリストを、暴力団員がナイフで刺した？　君、安物の刑事ドラマでも見ているんじゃないのか。党に迷惑を及ぼすんじゃない。政治家たるもの、自分の不始末は自分で解決するべきだ。それができないなら政治家を辞めなさい。下らない話を持ち込むな。君を党から除名することも考えないといけないなぁ。さっさと帰りたまえ！　君の顔を見ていると、穢れた気分になって、不愉快極まりない！

工藤幹事長の態度のあまりの豹変ぶりに、山村は驚愕した。選挙前の工藤と同じ人物とは思えなかった。

――そこまでおっしゃるなら、私にも覚悟があります。党が、幹事長が、私に金を渡し、都議を買収しろと命じた……そうマスコミにバラします。それが真実ですから。

山村は怒りに任せて口走った。

――帰りたまえ！　君はもう終わった。

工藤は、断固とした口調で突き放した。

そして山村は、逃げるように民自党本部を出てきたのだった。耳の奥には今も、工藤が無慈悲に幹事長室のドアを閉める音が響いている。

赤坂二丁目の交差点が見えた。永田町からどのように歩いてきたのかすら、山村は覚えていない。随分長い距離を歩いたような感じがした。

交差点の手前で立ち止まる。周囲には誰もいない。やがて信号が青になり、山村は足を踏み出した。横断歩道の真ん中あたりまで達した時、ふいに何かの気配を感じた。山村は足を止め、気配がする方に顔を向けた。

車が猛スピードで向かってくる。事態が呑み込めず、足が竦んで動かない。

死――という言葉が頭に浮かんだ時には、車が山村の視界を埋め尽くしていた。

9

約束の七時は、とうに過ぎていた。

「おかしいね。柳原さん、まだ来てないみたいだ」

歌舞伎町のゴジラの下、待ち合わせ場所に立つ讃岐の姿を、安井は遠くから見つめていた。

一〇〇メートルほど離れた場所から人ごみにまぎれて監視しているので、時々讃岐の姿を見失いそうになって焦るのだが、まだ動きはないようだった。

「約束をすっぽかしたのかな」

安井の傍らに立つ香織も怪訝（けげん）そうな表情だった。

讃岐は、何度も何度も腕時計を見ては、時刻を確認している。そして時々、周囲を見渡す。香織と安井がどこかから見張っていることを讃岐は承知しているが、どこにいるかは見えていないらしい。これなら、清美に見つかることもないだろう。

讃岐がゴジラを見上げ、不安げな表情を見せた。

その時、黒いパンツに黒いジャンパー姿の人物が讃岐に近づいていくのが見えた。帽子が黒なら、マスクも黒い。全身黒ずくめである。まるでカラスみたい、と香織は思った。

ゴジラを見上げていた讃岐が、また周囲に視線を向けつつ、頻繁に時計を気にしている。

黒ずくめの人物が、ふいに香織たちがいる方向を振り返った。勿論、遠く離れているので、視線が合うことはおそらくない。

「あっ！」

香織は声を上げた。同時に、讃岐に向かって駆け出した。

「どうした、生野さん！」

安井は驚いて、その場に立ち尽くした。

「讃岐さんが危ない！」

香織は安井を待たずに声を上げた。必死で走る。

黒ずくめの人物を見た時、香織は胸騒ぎを覚えた。そして振り向いたその人物の顔が覗いた瞬間、黒いオーラのようなものが発せられるのが見えた気がした。

遠くて顔の輪郭さえはっきりしないのだが、あれは間違いなく清美だ。香織は確信を持った。清美は街中で堂々と讃岐を襲うつもりなのだ。

香織は必死に走った。しかし夜の歌舞伎町に人通りは絶えず、香織の行く手を遮る。讃岐はまだ危機に気付いていない様子で、ちらちらと腕時計を見ては腕組みをしていた。

「讃岐さーん！」

走りながら、香織は声を張り上げた。

その声が届いたのだろう、讃岐が香織の方を見た。同時に、自分に近づいてくる黒ずくめの人物にも気付いた様子だった。讃岐の表情がたちまち強張る。腰を引き、何とか黒ずくめの人物から遠ざかろうとしている。黒ずくめの人物の手に光る何かが握られているのが、香織の目に入った。

ナイフか包丁か――。

「讃岐さーん、危ない！」

香織は声の限りに叫んだ。

讃岐が身体を反転させ、黒ずくめの人物に背を向けて逃げようとした。

その時だ。白いジャケットに白いパンツ、白ずくめの男が飛び込んできた。

黒ずくめの人物と讃岐との間に割って入る。

主水だった。

「主水さーん！」

香織は、大声で叫んだ。

「やめるんだ。全てはお見通しだ」

白ずくめの主水が大音声で言った。

黒ずくめの人物はナイフを主水に向けた。

主水は「エイッ」と気合を入れると、手刀で黒ずくめの人物の手を打った。

カランと乾いた音を立て、ナイフがアスファルトに落ちた。

すかさず主水は黒ずくめの人物の腕を掴み、その場にねじ伏せた。

周囲にいた人たちが異常に気付いて取り囲み、物珍しそうにスマホで撮影している。

人垣を割って、木村刑事が現われた。木村は二人の警官を引き連れている。

「柳原清美だな」

木村が黒ずくめの人物に問いかけると、俯せになった黒ずくめの清美は力なく頷いた。黒いマスクが顔から外れ、清美の顔が露わになっている。

「傷害未遂の現行犯で逮捕する。稲葉麗子さん殺害教唆の容疑もかかっているがな」

木村が重々しく告げた。

「主水ちゃん、ありがとうな」

木村は清美に手錠をかけた。主水が清美から離れると、木村は「立つんだ」と清美に命じた。

「讃岐さん、大丈夫ですか？」

香織は、青ざめた顔で佇(たたず)んでいる讃岐に声をかけた。

「大丈夫です。ちょっと手に切り傷ができましたが……」

讃岐は右手で左手首を押さえていたが、血が流れ出るほどではないようだった。

「主水さん、どうしてここに？」

香織は主水に訊いた。

「理由は後ほど説明しますが、木村さんと相談して、柳原さんをずっと見張っていたんです。幸いコロナの隔離期間が終わったのでね」

主水が笑顔で言った。

「私、讃岐さんに三上社長の裏金疑惑を伝えて、柳原さんに『自分も裏金の分け前を欲しい』と迫る芝居をしてもらったんですが……まさか危害を加えるなんて」

「ちっ」清美は舌打ちし、恨みのこもった目で香織を睨んだ。「あんたにしてやられたってことかい。見事に引っ掛かったわけか。あんた、結構ワルじゃないの？」

「悪いのはあなたでしょう！」

香織は語気強く言い返した。

安井が清美の前に立ち、清美を指さした。

「今、木村刑事は麗子殺害の容疑もあるって言っていましたね。この人が、麗子を殺したのですか。本当ですか」

「私もびっくりしています」香織は清美を睨んだ。「ただの裏金の横領犯じゃないことに……。あなた、麗子を殺したのですか？」

「ちっ！」

清美は、地面に向かって唾を吐いた。

10

高田署の会議室に集まった香織、主水、そして安井の顔を見渡して、木村が口を開いた。

「安井さん。稲葉麗子さん殺害事件について説明しましょう」

安井は緊張した顔で頷いた。

「当初、警察は稲葉さんの死を自殺と見ておりました……」

先日、インターネットの闇サイトで夫の殺害を依頼した女性がいた。しかし、彼女は夫の殺害予定日になると、恐ろしくなって警察に殺人教唆の罪を自首してきた。夫の殺害を止めて欲しいという。

警察が夫の住むマンションで張り込んでいると、ある男がやってきて、ドアを開けた。そこで逮捕されたのは佐川博（さがわひろし）という、かつては空き巣を専門にしていた男だった。

彼は器用な男だった。鍵穴さえあれば、どんなドアの合鍵でも作ることができる。インターネットを通じて、彼のところにはいろいろな盗みの依頼が舞い込んできた。

別れた夫のところに置いてきてしまった宝石類を取り戻してきて欲しい。

大金持ちなのにケチな父親の金庫からありったけの金を盗んできて欲しい……

などなど。

ある時、佐川のもとに、夫の浮気相手の命を盗んできて欲しいという依頼がきた。つまり殺して欲しいということだ。報酬は二〇〇万円。佐川は、一人暮らしの女性を殺すのはさほど難しいことではないと考え、この依頼を受けた。それまでも眠っている女性の傍で堂々と盗みを働いたことがあったからだ。

そして佐川は依頼された女性の家に忍び込み、自殺に見せかけて殺した。たまたま女性の趣味が絵を描くことだったので、リビングにあった描きかけの油絵に「死」とサインした。佐川は器用な男で、油絵の中に全く違和感なく「死」という字を描き残したのである。

以来、佐川は闇サイトで殺しの依頼を受けるようになり、高額な依頼料を荒稼ぎしていた。

――一人暮らしの若い女性は警戒心がないですから、忍び込んで殺すことは簡単なのです。

のちに佐川は、鬼畜にも劣る供述をしたという。

佐川がいったい何人殺したのかは今、警察が捜査中だ。幸いというか当然というか、佐川は素直に供述している。

そんな中、ある捜査員が、稲葉麗子のケースが佐川の犯行ではないかと推測した。一人暮らしの女性、自殺と思われる死、そして何よりも趣味の木彫りに「死」と刻まれた文字。

類似性が高いので勾留中の佐川に問い質したところ、あっさり供述した。

――稲葉麗子？　名前は覚えていないが、木彫り用の彫刻刀で手首を切り、自殺に偽装して殺したことはあるよ。

「そこで稲葉麗子さんの遺体をもう一度、詳細に検死にかけて調べ直した」

木村が当初から他殺の疑いを主張していたため、遺体は火葬されずに保管されていた。

検死の結果、口中から糸が数本見つかった。そこからバルビタール酸系統の睡眠薬を使った形跡も見つかった。てんかんの治療や手術などにも使われる強力な睡眠薬の一種だという。これらの薬剤は、佐川が自ら病院や医院から盗んだものだろうと思われた。

バルビタール酸系統の睡眠薬は通常経口か静脈注射で注入するが、佐川はそれを大量に溶かし液体化して犯罪に利用していたのである。

この手口のことも佐川は詳細に供述した。

——確かに女の部屋に忍び込んで、睡眠薬を染み込ませた布で口を塞ぎ、眠らせて手首を切って殺した。手首から血が床に垂(た)れていくのを見ながら、板に『死』って文字を彫ったんだ。依頼者に、間違いなく俺の仕業(しわざ)だってことが分かるようにね。まあ、俺の趣味みたいなものだ。

「そんな殺人鬼の男に、柳原が麗子の殺害を依頼したのですか？　どうしてそんなことができるんですか……」

安井は悲しみと怒りが綯(な)い交(ま)ぜになった苦悶(くもん)の表情を浮かべている。

「インターネットの世界は何でもありなんですね」

主水が悲しみを込めて呟いた。

「柳原は闇サイトで佐川の存在を知って、稲葉さん殺害を依頼した。支払いは二〇〇万円相当の暗号資産だとよ」

木村は言った。

「動機は何ですか？」

安井が木村に迫る。

「稲葉さんは、三上の裏口座の秘密を秋山会長に正直に話すべきじゃないかと、柳原に相談したらしい。それがきっかけだ。柳原は策を講じて、三上の元から稲葉さんを引き離そうとした」

「麗子の業務上のミスが増えたのは、やはり柳原のせいなのですね」

香織は「柳原」と呼び捨てにし、嫌悪感を露わに言った。

「そうだ。ミスを誘発するように、誤った情報を稲葉さんに伝えたりしていたんだ。加えて三上社長には、稲葉さんが裏口座の秘密を秋山会長に告げ口しようとしているらしいと吹き込んだ。それで三上は、裏口座の担当を稲葉さんから柳原に代えようとした。柳原を裏口座のメリットを享受する仲間に引き入れてしまったんだ」

「まさか、僕に相談したいことがあるって麗子が言っていたのは、裏口座のことだったんじゃないかな」

安井が茫然として言った。

「恐らくそうだろうね」

木村が頷いた。

「このままでは稲葉さんが裏口座のことを暴露してしまうと心配になった柳原は、インターネットで佐川に稲葉さん殺害を依頼した。佐川のパソコンに、はっきりと柳原からのメールが残っていたよ」

「讃岐さんまで殺そうとしたなんて……」

　香織が怒りを込めて言った。

「今回の讃岐さんの件も、ターゲットが女性じゃないので柳原は佐川に依頼しようかどうか迷ったらしいが、連絡を取った。その時、佐川はもう我々警察の手の内にあったから、柳原の依頼が手に取るように分かったというわけだ。勿論、返事はしなかった。そして主水さんにも相談し、柳原を見張っていたというわけさ」

「えっ、じゃあ私と安井さんが隠れていたのとは別の場所で、警察と主水さんも柳原を見張っていたのですね。それにしても、佐川からの返事をもらえなかった柳原は、自分の手で讃岐さんを殺そうとした……。何て恐ろしい人なのかしら」

　香織は身震いした。

　その時、会議室のドアが開く音がした。主水が嬉しそうな顔で声をかける。

「大畑さん、もう大丈夫なんですか？」

会議室に入ってきたのは、元気そうな顔の大畑だった。

「やあ、皆さん、お集まりですね」

大畑が明るい声を響かせた。

「すっかり快復されたのですね。よかった」

香織も表情をほころばせた。

「あんなナイフなんかにジャーナリスト大畑虎夫は負けません」

大畑がテーブルに雑誌を置いた。

人気週刊誌の「週刊春秋（しゅんじゅう）」と「週刊現実」だ。

「二誌が同時に都議買収の記事を掲載してくれました」

「それはよかった……」

主水が笑みを浮かべた。

「だけど、金を配った張本人の山村が意識不明の寝たきりじゃあねえ。証言も取れないから民自党の本丸には行き着けそうにない」

大畑の表情が曇った。

山村は赤坂の交差点上で、信号無視で突っ込んできた車に撥（は）ねられ、未（いま）だに意識が戻っていない。車はそのまま逃走し、行方が分からなくなっている。捜査は難航しているようだ。

「大畑さんを襲った犯人は捕まったけれど、本当の悪人はいつも逃げおおせてしまうんですね。裏金口座に関わらなければ麗子も死ぬことはなかったのに……」

安井が悔しそうに奥歯を嚙み締めた。

大畑を襲った犯人は暴力団員だった。奥広工務店の社長、奥広忠保からの依頼を受けて大畑を脅すつもりだったが、腹を刺してしまったと供述した。

奥広は殺人教唆の罪で逮捕された。

では三上はどうなったか。三上が奥広に大畑を脅すよう依頼したかどうか、はっきりとした証拠がなく、逮捕は見送られた。

しかし三上は曙建設の取締役会にて緊急動議を出され、社長を解任された。裏金口座を作り、不正に会社の資金を流用したとして特別背任で訴えられている。この罪状で逮捕される可能性が高い模様だ。

紀藤の融資斡旋の件を大畑は記事にしないと言った。紀藤には今回随分協力してもらったので武士の情けということらしい。

大畑らしい決断だと主水は思った。

「悪い奴ほどよく眠るってことですかね。都議たちは贈収賄で逮捕されますか？」

　主水が大畑に訊いた。

「分かりませんね。私の記事が出たので、東京地検がじっくりと都議たちから事情を聴取しています。彼らの罪を問わない代わりに山村やその上の工藤幹事長、鬼塚官房長官、そして超大物の安永首相まで捜査の手が及ぶといいんですがね。今回の件は、そもそもライバルの岸見派を潰そうとした安永の野望によって引き起こされたようなものですから。巨悪は眠らせないという信念で、第二弾の記事も用意していますよ」

　大畑が得意顔で胸を張った。

「第二弾、それは楽しみですなぁ」

　木村が顎をさすった。

「どんな驚愕のスクープなんですか？」

　主水も興味津々の様子だ。

「巨悪を眠らせないって……。本当にそんなことができるんですか？」

　香織は尊敬の眼差しを大畑に向けた。

「第二弾、ぜひお願いします。麗子の供養のためにも」

安井が頭を下げた。

「今回は生野さんと安井さんの活躍がなければ、事件にならなかったわけですからね。私も負けてはいられません。これから真相を追及するのがジャーナリストの仕事です」

大畑は、肩掛けバッグのポケットからスマートフォンを取り出した。かなり傷ついており、ガラス面に大きなひび割れができている。

「それは誰のスマホ？」

主水が訊いた。

「山村議員のものさ。彼の奥さんから託された。この中に工藤幹事長たちとのやり取りが録音されている。車に撥ねられた衝撃で表面が傷んではいるけど、中身は問題ない。山村議員は、もしものことを考えて、工藤たちとの会話を密かに全て録音していたってわけさ」

大畑は自慢げに言った。

「それはすごい！」

香織が目を瞠った。

「おいおい、それは事件の証拠として警察に提出してくれないと」

木村が眉根を寄せた。

「記事を書いてから、提出しますよ」

「まあ、いいか。よろしく頼むよ。私は聞かなかったことにするから。ドンと派手な記事を頼んだよ」

木村が苦い顔をしながらも、どこか楽しげに言った。

安井が胸ポケットから麗子の写真を取り出した。

肌身離さず持っている写真だ。

「麗子、君のお陰で世の中の空気が少しは清々しくなるかもしれないね」

安井が涙声で写真に語りかけた。

「主水さん、これで麗子は安らかに眠ることができますね」

香織は主水を見つめた。

「稲葉さんは、生野さんに感謝していると思います。今回は本当に頑張りましたね。もう私がいなくても大丈夫ですね」

主水が柔和な笑みを香織に向けた。

「何を言っているんですか。高田通り支店のみんなで、主水さんの帰りを首を長くして待っているんですから」

香織が口を尖らせた。

「それは嬉しいですね。コロナで休んだお陰で、私の偉大さを再確認したってわけですか」

主水がおどけて言った。

「それって自信過剰、です」

香織が主水の胸を両手で強く押した。

「おっとと……」主水がよろけた。「しばらく家に閉じこもっていたので足腰が弱ったみたいです」

主水が情けない顔になった。

「多加賀主水、運動不足の巻だな」

木村が笑った。香織もつられて笑った。

「麗子も笑っている」

安井が麗子の写真を見つめ、涙を流しながらも笑みを浮かべた。

この作品は、『小説ＮＯＮ』（小社刊）二〇二二年六月号から二〇二二年十一月号に連載され、著者が刊行に際し加筆・修正したものです。また本書はフィクションであり、登場する人物、および団体名は、実在するものといっさい関係ありません。

銀行員　生野香織が許さない

一〇〇字書評

切り取り線

購買動機（新聞、雑誌名を記入するか、あるいは○をつけてください）	
□（　　　　　　　　　）の広告を見て	
□（　　　　　　　　　）の書評を見て	
□ 知人のすすめで	□ タイトルに惹かれて
□ カバーが良かったから	□ 内容が面白そうだから
□ 好きな作家だから	□ 好きな分野の本だから

・最近、最も感銘を受けた作品名をお書き下さい

・あなたのお好きな作家名をお書き下さい

・その他、ご要望がありましたらお書き下さい

住所	〒				
氏名		職業		年齢	
Eメール	※携帯には配信できません	新刊情報等のメール配信を 希望する・しない			

この本の感想を、編集部までお寄せいただけたらありがたく存じます。今後の企画の参考にさせていただきます。Eメールでも結構です。

いただいた「一〇〇字書評」は、新聞・雑誌等に紹介させていただくことがあります。その場合はお礼として特製図書カードを差し上げます。

前ページの原稿用紙に書評をお書きの上、切り取り、左記までお送り下さい。宛先の住所は不要です。

なお、ご記入いただいたお名前、ご住所等は、書評紹介の事前了解、謝礼のお届けのためだけに利用し、そのほかの目的のために利用することはありません。

〒一〇一－八七〇一
祥伝社文庫編集長　清水寿明
電話　〇三（三二六五）二〇八〇

祥伝社ホームページの「ブックレビュー」からも、書き込めます。
www.shodensha.co.jp/bookreview

祥伝社文庫

銀行員(ぎんこういん)　生野香織(しょうのかおり)が許(ゆる)さない

令和 5 年 1 月20日　初版第 1 刷発行

著　者　江上(えがみ)　剛(ごう)
発行者　辻　浩明
発行所　祥伝社(しょうでんしゃ)
東京都千代田区神田神保町 3-3
〒101-8701
電話　03（3265）2081（販売部）
電話　03（3265）2080（編集部）
電話　03（3265）3622（業務部）
www.shodensha.co.jp
印刷所　萩原印刷
製本所　ナショナル製本
カバーフォーマットデザイン　芥 陽子

Printed in Japan ©2023, Go Egami　ISBN978-4-396-34859-5 C0193